곰숙씨가
사랑한
고전들

곰숙씨가 사랑한 고전들: 고전과 인생 그리고 봄여름가을겨울

발행일 개정판1쇄 2022년 12월 20일(壬寅年 壬子月 丁未日) | **지은이** 고미숙
펴낸곳 북드라망 | **펴낸이** 김현경 | **주소** 서울시 종로구 사직로8길 24 1221호(내수동, 경희궁의아침 2단지) |
전화 02-739-9918 | **팩스** 070-4850-8883 | **이메일** bookdramang@gmail.com

ISBN 979-11-92128-24-5 03800

책으로 여는 지혜의 인드라망, 북드라망 **www.bookdramang.com**

곰숙씨가 사랑한 고전들

고전과 인생 그리고 봄여름가을겨울

고미숙 지음

BookDramang
북드라망

차례

2부

여름火 : 열정과 자유 77

3부

가을金 : 수렴과 성찰 139

4부

겨울水 : 지혜와 유머 191

아우트로

일러두기

1 이 책은 2017년 작은길 출판사에서 출간했던 『고전과 인생 그리고 봄여름가을겨울』의 개정판입니다.

2 인용·서지의 표기는 해당 서지가 처음 나오는 곳에 지은이, 서명, 출판사, 출판 연도, 인용 쪽수를 모두 밝혔습니다. 이후 다시 인용할 때는 서명과 인용 쪽수만으로 간략히 표시했습니다.

3 단행본·작품집·정기간행물의 제목에는 겹낫표(『 』)를, 단편·기사·시·노래 등의 제목에는 홑낫표(「 」)를, 영화·TV프로그램 등에는 홑화살괄호표(〈 〉)를 사용했습니다.

책머리에_고전평론가, 곰사전, 북꼼에 대하여

나는 고전평론가다. 고전평론가란 고전의 지혜를 '지금, 여기'의 현장으로 옮겨 와 삶의 '일용할 양식'으로 변주하는 전령사를 의미한다. 아시는 분은 아시겠지만 내가 만든 직업이다(백수의 다른 이름이라는 뜻^^).

　이 직업에 투신하려면 늘 읽어야 한다. 읽기가 곧 매일의 '일'인 셈이다. 무슨 책을 읽는가? 당연히 동서양 고전을 두루 읽는다. 어떤 태도, 어떤 시선으로 읽는가? 그렇게 묻는다면 이 책이 그에 대한 하나의 응답이 될 수 있다. 그런 점에서 이 책은 나의 읽기——특히 막 고전평론가가 된 초기의——에 대한 보고서라 할 수 있다(물론 읽기와 쓰기는 분리되지 않는다. 읽은 다음엔 써야 하고, 쓰기 위해서는 또 읽어야 한다. 쓰기에 대해서는 『고미숙의 글쓰기 특강: 읽고 쓴다는 것, 그 거룩함과 통쾌함에 대하여』를 참조하시길).

고전이란 무엇인가? 존재와 세계에 대한 비전탐구다. 너무 추상적인가? 좀 구체적으로 말해 보면 생로병사, 곧 인생에 대한 지혜의 텍스트다. 인생은 시공간과 함께 흘러간다. 시공간의 리듬을 익숙한 언어로 바꾸면 사계절, 곧 봄여름가을겨울이다. 하여, 고전 속에는 인생이 있고, 그 인생이 흘러가는 사계절이 있다. 고전의 지혜란 이 사계의 리듬에 담긴 진리의 파동을 말한다.

한 걸음 더 들어가면, 고전마다 계절의 기운이 다 다르다. 어떤 고전에는 봄의 약동하는 기운이 넘치는가 하면, 어떤 고전에는 여름의 무성함이, 또 어떤 고전에는 가을의 충만함이, 또 어떤 고전에는 겨울의 깊은 적막이 흐른다. 물론 그 사계절의 기운이 고루 흘러가는 고전들도 있다. 이것이 나의 고전독법이다.

독자들도 한번 이렇게 읽어 보시라. 그러면 고전이 더한층 가깝게 느껴질 것이다. 또 고전을 삶에 활용하는 '노하우' 또한 다양해질 것이다. 계절과 교감하는 능력은 말할 것도 없고.

이 책은 5년 전에 나온 초판의 개정판이다. 전체 구성도 읽기 중심으로 탈바꿈했고, 초판엔 없던 새로운 '고전의 목록'이 많이 추가되었다. 개중에는 20세기에 나온 텍스트들도 있다. 고전은 대개 수천 년의 시공을 넘나들지만 그렇다고 오래되었다는 것이 핵심 사안은 아니다. 진짜 핵심은 인생에 대한 근원적 질문과 통찰을 담고 있느냐에 있다. 그런 점에서 지금 이 순간에도 어디선가 고전이 탄생되고 있을 것이다. 아니, 그러기를 희망한다.

또 제목을 초판과 달리 '곰사전'(곰숙씨가 사랑한 고전들)이라고 붙었다. 곰숙씨는 나의 별칭이다. 곰 자체를 좋아하기도 하고, 곰의 용맹함과 슬기로움을 담고 싶기도 해서 즐겨 쓰게 되었다.

말이 나온 김에 북극곰을 살리려면 지구온난화라는 재앙을 극복해야만 한다. 어떻게 해야 지구의 온도를 내릴 수 있을까? 무엇보다 사람들의 마음에 들끓는 욕망의 온도를 내려야 한다. 방법이 있을까? 있다. 모든 이들이 책을 읽으면 된다. 그게 고전이라면 더더욱 좋으리라. 요컨대, 북극곰을 살리려면 모든 이들이 일상적으로 북코뮤니티에 접속해야 한다(그런 취지에서 2021년 가을[코로나의 깊은 터널을 통과하던]에 만든 플랫폼이 북꼼이다. 뜻이 있는 분들은 아래 큐알코드로 접속하시길^^).

이 책이 그런 흐름에 작은 보탬이 된다면 참 기쁘겠다!

2022년 11월 15일

남산 아래 필동에 자리한 곰숲에서

고미숙 쓰다

⇦북꼼에 접속해 들끓는 욕망의 온도를 내리고 싶은 분들은 옆의 큐알코드를 찍어 주세요. 북꼼은 북극곰을 살리기 위한 'book 코뮤니티'의 줄임말입니다.

나의 서재 이야기

: 고전과 인생 그리고 사계

1.

　나는 자동차가 없다. 경제적 여건을 떠나 차를 갖고 싶다는 생각을 단 한 번도 해본 적이 없다. 타고난 길치라 공간감각이 거의 제로에 가까운 탓이다. 거기다 손이 거칠어서 간단한 기계를 조작하는 일도 서툴기 짝이 없다(믿기 어렵겠지만, 나는 병뚜껑을 제대로 따 본 적이 거의 없다^^). 몸이 약해서, 가 아니라 힘을 사용하는 방법을 몰라도 너무 모르는 탓이다. 예전엔 그때마다 짜증이 났지만, 의역학을 배워 보니 이건 타고난 편향이요 기질이다. 이걸 고치려면 치열한 수행이 필요하다. 누군가에겐 식은 죽 먹기보다 쉬운 일이 누군가에겐 평생 동안 갈고 닦아야 하는 미션이 된다. 이런 차이들의 좌충우돌이 인생인지도 모르겠다. 아무튼 '꼬라지'가 이렇다 보니 자동차에 대해선 어떤 욕망도 가질 수가 없었던 게다.

비슷한 차원에서 나는 서재가 없고, 서재에 대한 욕망 역시 부재한다. 자동차와 서재가 뭔 관계냐 싶겠지만, 서재 또한 공간을 점유하고 세심한 배려가 필요하다는 공통점을 지닌다. 그래서인지 조금만 넓고 우아해도 나의 국량으론 감당하기가 벅차다. 한때 '쫌' 넓은(26평) 아파트에서 산 적이 있었다. 거기를 선택한 이유는 북한산 백운대가 한눈에 보이는 방이 있었기 때문이다. 아, 여기를 서재로 삼아야지, 나도 드디어 유명작가들처럼 근사하고 우아한 서재를 가지게 되었구나, 하는 생각에 약간 들뜬 상태로 이삿짐을 풀었다. 일 년 뒤, 다시 이삿짐을 싸면서 문득 이 방에서 뭘 했더라? 하고 따져 보니 이사하는 첫날을 빼고 그 서재에서 책을 읽은 적이 단 하루도 없었다. 헐~.

탁 트인 뷰, 우아한 인테리어, 고상한 아우라, 이것이 서재에 대한 통상적 이미지다. 나 역시 거기에 미혹되었던 것이다. 허나, 이미지는 이미지일 뿐 실상이 아니다. 속된 말로 이미지가 '밥 멕여 주는' 거 아니다. 이후 나는 집과 서재에 대한 발상을 완전히 바꾸었다. 단칸방에 작은 마루, 이 정도면 충분하다. 지금 살고 있는 집이 바로 그렇다. 청년들 자취방 수준이라 고전평론가의 품격(따위가 있을 리도 없지만)에는 어울리지 않는다, 며 혀를 차는 이도 있다. 하지만 내게는 이 공간이 딱!이다. 방에선 TV를 보거나 잠을 잔다. 마루에선 밥을 먹고 책을 읽고 글을 쓴다. 마루를 장식하는 건 책꽂이 두 개가 전부다.

2.

물론 고전평론가로 먹고살려면 이 정도의 책으로는 어림없다. 내 책들이 모여 있는 곳은 현재 내가 몸담고 있는 '감이당'의 작은 도서관 '장자방'이다. 하지만 거기는 공동체 멤버들이 함께 쓰는 곳이라 나의 서재라 하기는 뭣하다. 그곳에 들어가는 순간 책은 공유물이 되어 버린다. 집으로 들고 올 때면 내 책인데도 왠지 빌려 오는 느낌이다. 결국 나에게 있어 서재는 공간이 아니라 활동과 네트워크의 명칭이다. 즉, 서재라는 특별한 공간에서 읽고 쓰기를 하는 게 아니라 읽고 쓸 수 있으면 거기가 곧 나의 서재다. 『고미숙의 로드클래식, 길 위에서 길 찾기』(여행기 고전 리뷰)를 쓸 때는 윈난성(雲南省)의 산장이나 뉴욕의 게스트하우스가 서재였고, 한 일간지에 '몸과 인문학'에 대한 칼럼을 연재할 때는 늘 마감에 쫓기다 보니 서울역이나 김포공항을 서재로 삼았었다. 이 글을 다듬을 즈음(2017년 5월)엔 지중해 여행 중이었다. 아테네와 크레타, 그리고 바르셀로나의 하늘과 바다가 행간 곳곳에 스며들어 있으리라.

이런 생각이 몸에 배게 된 건 당연히 공동체 활동 탓이다. 30대 후반 교수가 되어 대학에 진입하려는 생각을 접은 이후 내 삶의 중심은 늘 공동체였다. 처음 10년은 수유+너머, 그 이후엔 감이당과 남산강학원(충무로 뒤편 필동의 깨봉빌딩). 당연히 일상의 대부분은 이 공간에서 이루어진다. 거기가 일터이자 마을이고, 식당이면서 또 놀이터다. 당연히 공동의 서재 같은 것이 있게 마련이다. 그러면 자연스럽게 그곳으로 사람들의 책이 모여든다. 내 것이면서 동시에 내 것이 아닌! 이런 배치 속에서 살다 보면 사적 소유에 대한 욕망은 점차 줄어들게 된다.

실제로 공동체 활동을 시작한 이후 나의 집(혹은 집에 대한 욕망)은 점점 더 줄어들었다. 살림살이의 대부분을 차지하던 책을 공동체의 서재로 옮겨 놓았기에 가능한 일이다. 그렇기는 해도 직업상 책에 대한 소유욕은 버리기가 어렵다. 하지만 일단 시야에서 사라지면 그 또한 무디고 흐려지게 된다. 설상가상(?)으로 공동체는 끊임없이 움직인다. 조직적 형태도 그렇지만 공간 이동도 수시로 이루어진다. 그 와중에 수많은 책들이 어디론가 흩어져 버렸다. 아니, 뒤섞인다고 하는 게 맞을 것이다. 내 책은 사라지고 타인의 책이 내 손에 있는 식으로. 오, 그 무상한 변전이란! 그런 일을 무시로 겪다 보면 책에 대한 소유욕도 점차 옅어질 수밖에 없다. 이미 산 책을 또 사는 경우는 그야말로 다반사다. 처음엔 너무 아까웠다. 하지만 이젠 생각을 바꿨다. 세상에 책보다 더 저렴한 상품이 있을까. 그 안에 담긴 내용은 내가 살아서 다 탐구할 수 없는 것들이다. 그걸 생각하면 하나의 책을 수없이 여러 번 다시 산다 해도 조금도 아깝지 않다. 아깝기는커녕 책이 여전히 시장에 '살아 있는' 것이 고맙기만 하다. 따지고 보면 이 또한 증여의 일종이다. 책을 읽고 그 지혜를 나누는 것도 증여지만, 내가 좀 '띨띨해서' 책을 자꾸 잃어버리고, 그래서 같은 책을 여러 번 다시 사게 된다면 출판사와 저자에게 자그마한 응원이 될 테니 그 또한 좋은 일이 아니겠는가! 이럴 때면 꼭 떠오르는 문장이 있다. 읽을 때마다 기분이 좋아지는 걸 보면 진짜 명문이다.

"그대가 고서를 많이 쌓아 두고도 절대로 남에게는 빌려 주지 않으니, 어찌 그다지도 딱하십니까? 그대가 장차 이것을 대대로 전하려 하는 것입니까? 대저 천하의 물건은 대대로 전할 수 없게 된 지가 오래입니다. (……) 책은 정해진 주인이 없고, 선(善)을 즐거워하고 배움을 좋아하는 자가 이를 소유할 뿐입니다. (……) 군자는 글로써 벗을 모으고, 벗을 가지고 어짊을 보태나니, 그대가 만약 어짊을 구한다면 천 상자에 가득한 책을 벗들에게 주어 함께 닳아 없어지게 함이 옳을 것입니다. 이제 높은 누각에다 묶어 두고서 구차하게 후세의 계획을 세우려 한단 말입니까?"(박지원, 「여인」與人; 정민, 『비슷한 것은 가짜다』, 태학사, 2000, 242~243쪽에서 재인용)

3.

그런데 흥미로운 현상이 하나 있다. 책과 서재에 대한 욕망이 사라지면서 책의 스펙트럼은 엄청 넓어졌다는 사실이 그것이다. 우리 집 마루의 책꽂이를 보면 그야말로 각양각색이다. 고전문학, 크리슈나무르티, 한의학, 해부생리, 신화, 아인슈타인, 루쉰, 달라이 라마 등등. 만약 낯선 이가 이

곳을 탐문한다면, 해서 내 정체를 탐색하는 미션을 수행한다면 그야말로 미궁에 빠질지도 모르겠다. '대체 이 사람은 전공이 뭐야?' 아니, 그 이전에 '이 사람은 대체 성별이 뭐야?'라고 버럭! 화를 낼지도 모르겠다. 그렇다고 내가 '박학다식'을 추구한다고 생각한다면 그건 오해다. 박학다식이야말로 나와는 거리가 멀다. 이 '잡다한' 책들은 그간 내가 수행한 책읽기와 글쓰기의 경로를 고스란히 보여 주는 흔적들이다.

솔직히 말하면, 나는 고상한(혹은 고독한) '독서인'은 아니다. 책읽기 자체를 즐기는 일이 거의 없다는 뜻에서 그렇다. 게다가 기억력이 나빠서 아무리 감동적인 내용도 마지막 페이지를 덮는 순간 아득해진다. '빛의 속도'로 까먹는 것이다. 그러다 보니 '박람강기'에 대한 집착이 아예 없다. 그럼 뭘, 어떻게 읽느냐고? 나에게 읽기란 세미나의 일환인 경우가 대부분이다. 즉, 누군가와 함께 읽을 때에만 '독서본능'이 움직이는 셈이다. 그래서 뭔가를 읽어야 할 때는 일단 세미나를 열고 본다. 그러면 아무리 '이상한' 책도 어떻게든 읽게 된다. 그 맛이 참 쏠쏠하다. 두껍고 난해한 책인 경우는 더더욱 그렇다. 등산을 떠올려 보라. 설악산 봉정암이나 차마고도 같은 험준한 곳도 여럿이 함께 가면 누구든 오를 수 있는 것과 같은 이치다. 그런데 여기 한 가지 기준이 있다. 여럿이 함께 읽으려면 삶에 대한 깊은 탐구가 전제되어야 한다. 그런 전제가 없이 세미나를 계속 여는 건 불가능하다. 따라서 이런 식의 '함께 읽기'는 결국 고전으로 수렴될 수밖에 없다. 고전에는 경계가 없다. 동서고금은 물론이고 인문학, 자연과학, 인류학, 의역학 등 분과학의 경계를 자유자재로 넘나든다. 내 책꽂이의 책들이 '중구난방'처럼 뒤섞인 이유가 거기에 있다.

또 하나, 나에게 있어 읽기는 쓰기와 분리되지 않는다. 글쓰기 테마가 결정되면 그때부터 관련 서적을 맹렬하게 읽기 시작한다. 읽고 쓴다기보다 쓰기 위해 읽는다는 편이 더 적절할 듯하다. 왜 쓰냐고? 먹고살기 위해 쓰고, 사람들을 만나기 위해 쓰고, 세상과 연결되기 위해 쓴다! 또 살아 있음을 증명하기 위해 쓴다. 그런 점에서 책은 나의 텃밭이자 현장이다. 밥과 관계와 활동을 한 큐에 해결해 주는 풍요로운 텃밭! 하지만 그 텃밭은 특정 공간을 점유하지 않는다. 사람과 책이 마주치는 곳이면 그것으로 충분하다.

보르헤스는 말한다. 세상은 책이고, 우주는 도서관이라고. 이반 일리치는 말한다. 모든 자연은 의미를 잉태하고 있으며, 고로 자연 자체가 책이라고. 그렇다면 인생이란 무엇인가? 아주 간단하다. 읽기요 쓰기다!(정화스님) 생명은 쉬임 없이 읽는다. 우주와 자연, 세상이라는 텍스트를. 읽었으면 써야 한다. 사유와 행동과 언어 등등, 삶의 모든 과정이 쓰기에 해당한다. 읽고 쓰고, 또 쓰고 읽고… 이것이 바로 생명활동의 기본이다.

4.

책읽기와 글쓰기가 인류의 가장 보편적이고도 고매한 활동이 된 이유도 거기에 있다. 거기에는 진도가 따로 없다. 깊이와 넓이에 주눅 들 것도 없다. 동서고금의 차이도 개의치 마시라. 학교식 공부법은 개론서나 교양서를 먼저 읽고 그다음에 전공지식에 들어가는 식으로 구성되어 있다. 좁고 편협하다. 뿐더러 어디서부터 시작해야 할지 매번 막막하다. 공부는 지겹고 괴로워, 라는 고정관념을 주입하는 이런 공부법이 옳은가? 당연히 옳지 않다!

지구는 둥글다. 마찬가지로 배움도 둥근 원과 같다. 아무 데서나 시작할 수 있고, 언제든 진입 가능하다. 질문이 있다면 거기에서, 우연히 접속했다면 그 자리에서, 일단 시작하고 보라! 예컨대, 조선에 대해 알고 싶다면 여말선초부터 시작할 이유가 없다. 임진왜란에서 시작할 수도 있고, 18세기 영정조 시대부터, 심지어 조선이 망하는 기점에서 시작할 수도 있다. 거기에서 위로, 아래로 파 들어가면 된다. 그러다 문득 도요토미 히데요시가 궁금해지면 일본 전국시대(戰國時代)로 가면 되고, 명나라에 대해 알고 싶으면 명청교체기를 탐구하면 된다. 그러다 보면 어느새 머릿속에 동아시아 3국의 지도가 그려질 것이다. 생각만 해도 멋지지 않은가! 책읽기가 어떤 스릴러물보다 더 박진감이 넘치는 건 이런 순간이다.

진도는 필요없지만, 차서는 중요하다. 차서란 시간적 순서인 차(次)와 공간적 질서인 서(序)를 합쳐서 부르는 말이다. 쉽게 말하면 시공의 리듬을 의미한다. 인간은 시공 속의 존재다. 시공을 떠난 삶은 없다. 그럼 시공은 어떻게 운행되는가? 동양사상에 따르면, 음양오행의 상생상극이 기본이다. 우주를 움직이는 기운은 음과 양, 둘로 이루어져 있다. 양은 발산, 음은 수렴이다. 이 기운은 다시 오행으로 분화한다. 양은 목과 화, 음은 금과 수. 둘 사이를 조율하는 것이 토. 그래서 오행이라고 하면 '목화토금수'가 된다. 오행의 운동은 상생과 상극이 어우러진다. 서로를 낳아 주면서 동시에 서로를 제약하는 관계인 것. 음양오행의 리듬은 천지만물의 모든 것에 작용하지만, 가장 쉽게 접할 수 있는 것은 봄여름가을겨울이다. 봄은 목, 여름은 화, 환절기는 토, 가을은 금, 겨울은 수. 인간은 사계절의 리듬 속에서 살아간다. 그것은 우주적 섭리이자 생명체의 내적 리듬이기도 하다. 이 리듬에 엇박자가 일어날 때, 다시 말해 넘치거나 모자랄 때 삶은 아프고 괴롭다. 하여, 양생 혹은 치유란 이 리듬을 회복하는 것을 의미한다. 오랜 시간이 지났음에도 우리가 여전히 고전을 읽는 까닭도 마찬가지다. 인생이라는 길을 걷다가 문득 병이 들고 괴로움이 닥쳐오면 자기도 모르게 고전을 집어들게 된다. 혹은 고전의 지혜를 찾아다니게 된다. 이 말은 고전 안에 자연의 리듬이 내재하고 있다는 뜻이다. 그런 점에서 지혜란 결국 리듬의 조율이라고 할 수 있다.

나 역시 그러했다. 처음에는 고전을 전문적으로 연구하는 지식인으로 출발했지만, 고전평론가가 된 이래 고전을 읽고 쓰는 것이 삶의 근간이자 현장이 되었다. 그것은 고전 안에 담긴 시공의 리듬을 익히고 터득한다는 뜻이기도 하다. 그러다 보니 문득 알게 되었다. 일 년이 봄여름가을겨울이라면, 인생도 봄여름가을겨울이라는 사실을. 때에 맞게, 때와 더불어 살아가는 것. 그것이야말로 고전의 지혜라는 것을. 고전과 인생, 그리고 사계의 삼중주!

5.

그 점을 환기하기 위하여 이 책은 사계절의 분류법을 택했다. 봄의 고전, 여름의 고전, 가을의 고전, 겨울의 고전, 이런 식으로. 물론 그 책을 꼭 그 계절에 읽어야 한다는 뜻은 아니다. 또 그 계절의 기운만 있다는 뜻도 아니다. 예컨대 내가 속한 공동체의 합동프로젝트로 탄생한 '낭송Q시리즈'(북드라망)에선 여름에 속했던 『홍루몽』을 여기서는 '봄'에, 거기서는 '봄'에 속했던 『전습록』을 여기서는 '여름'에 배속했다. 『홍루몽』은 한 명의 청년과 열두 명의 소녀가 주인공이라는 점에서는 봄의 고전이지만, 그들의 불꽃같은 열정과 화려하기 그지없는 수사학을 주목할 때는 단연 여름의 고전이다. 요컨대, 봄과 여름, 봄에서 여름으로 가는 기운을 두루 갖춘 셈이다. 『전습록』 역시 그렇다. 주자학의 도그마를 벗어나고자 하는 사상적 고투를 주목한다면 단연 봄의 야생성에 속하지만, '성인'이라는 최고 경지를 향해 달려가는 점에서는 진리를 향한 격정이 뚜렷하다. 결국 어떤 흐름을 '절단, 채취'할 것인가에 따라 오행의 배속이 달라지는 셈이다.

사실 고전에는 오행의 기운이 두루 담겨 있다. 그래서 언제, 어디서나, 누구에게나 비전을 제시할 수 있는 것이다. 그럼에도 각각의 책에는 그 나름의 편향이 있다. 저자의 기질에 따라, 텍스트가 탄생하던 시절에 따라, 혹은 그 지역의 기후에 따라 오행적 편차가 있을 수밖에 없다. 그것은 편향이면서 동시에 개성(혹은 특이성)이다. 그것을 적극 활용하자는 것이다. 활발하고 약동하는 기운이 필요한 이는 먼저 '봄의 고전'을 읽으시라. 치열한 열정이 필요하다면 '여름의 고전'을, 단호하고 결실을 맺는 기운이 필요하다면 '가을의 고전'을, 근원적인 것을 통찰하고 싶다면 '겨울의 고전'을 먼저 펼쳐 드시라. 이미 그 순간 몸과 마음에 그 기운이 흘러넘치기 시작할 것이다.

사계절의 리듬을 인생이라는 흐름과 연결하면 거기에서 윤리가 탄생한다. 봄의 생동하는 기운은 '배움과 우정'으로, 여름의 뻗치는 열기는 '열정과 자유'로, 가을의 서늘한 기운은 '수렴과 성찰'로, 겨울의 응축하는 기운은 '지혜와 유머'로. 이 윤리적 가치들은 인생을 살아가는 데 있어 더할 나위 없이 소중한 것들이다. 하지만 그것은 절로 터득되지 않는다. 수영을 하기 위해 수천 번 물 속에 들어가야 하듯,

우정이라는 윤리 하나를 익히는 데도 수천, 수만 번의 시행착오가 필요하다. 열정과 유머, 성찰 또한 마찬가지다. 고로 나는 소망한다, 고전 읽기가 모두에게 이런 윤리를 터득하는 현장이 되기를!

1부

봄

배움과
우정

『허클베리 핀의 모험』

『한국 판소리 전집』

『임꺽정』

『홍루몽』

『한서 이불과 논어 병풍』

『인간 주자』

『분서』

봄은 목(木)이다. 목은 나무, 바람, 동쪽 등을 의미한다. 입춘이 되면 동풍이 불어오고 그 바람은 얼어붙은 대지를 흔들어 새싹을 틔워 낸다. 동양의 별자리로는 동청룡이고, 영어로는 스프링(spring)이다. 모두 역동적으로 꿈틀거리는 기운을 표현하고 있다. 이런 기운을 주관하는 장기는 간담(肝膽)이다.

인생으로 치면 청년기에 해당한다. 청춘이란 무엇인가? 샘솟는 기운으로 인생과 세상을 향해 첫발을 내딛는 존재다. 그 참을 수 없는 존재의 설렘이란! 또 두려움이란! 청춘의 원천은 에로스다. 에로스는 거칠고 서툴다. 하지만 그 추동력으로 타자와 만나고 세상과 맞짱을 뜬다. 그러면서 인생의 기본기를 익혀 간다. 그게 로고스다. 청춘을 에로스와 로고스의 향연이라 하는 건 이 때문이다.

이것을 윤리적으로 표현하면 바로 '배움과 우정'이다. 배움만큼 설레는 행위가 또 있을까. 배움의 원동력 역시 에로스다. 진리에 대한 에로스, 그것이 곧 철학의 출발이었다. 그 길을 함께 가는 것을 우정이라고 한다. 스승이면서 친구이고, 친구이면서 스승인 '사우'(師友)야말로 인류가 창안해 낸 최고의 관계다.

『허클베리 핀의 모험』에선 봄의 약동하는 저력을 맛보게 될 것이고, '판소리계 소설'에선 공감과 소통의 기쁨을, 『임꺽정』에선 길 위의 청년들이 펼치는 우정과 배움의 향연을, 『홍루몽』에선 청춘의 파토스가 어떻게 구도의 여정으로 나아가는지를 음미하게 될 것이다.

봄의 고전을 장식하는 주인공들은 야생적이고 거침없고 치열하다. 하지만 그들은 길 위에서 우정을 나누고 인생을 배운다. 흑인 노예 짐 아저씨와의 우정을 위해 마침내 지옥을 선택하는 '허클베리 핀', 사랑과 효를 지키기 위해 기꺼이 목숨을 거는 '춘향이와 심청이', 밑바닥 인생이건만 자존심과 배짱으로 충만한 '꺽정이와 그의 친구들', 어떤 여성과도 사랑과 우정을 나눌 수 있는 에로스의 화신 '가보옥'. 이들을 통해 청춘의 파노라마를 만끽하기를! 나무와 바람, 그리고 동쪽의 기운을 흠뻑 맛보기를! 그리하여, 간담이 봄의 생동감으로 충만하게 되기를!

또 새로 추가된 이덕무, 주자, 이탁오의 글들 역시 봄의 역동적 에너지로 넘친다. 이들을 통해 알게 된 중요한 사실 하나. 청춘이 결코 나이의 문제가 아니라는 것. 어느 철학자의 말처럼 청춘은 매번 다시 창조되어야 한다. 해마다 새로운 봄이 탄생하는 것처럼.

야생과 탈주의 '로드-무비'

마크 트웨인, 『허클베리 핀의 모험』

『톰 소여의 모험』, 『마크 트웨인 자서전』, 『주석 달린 허클베리 핀』, 『인간이란 무엇인가?』──내 책장의 한 구역을 차지하고 있는 주인공들이다. 이 책들을 관통하는 키워드는 다름 아닌 『허클베리 핀의 모험』(이하 『헉 핀의 모험』)이다. 2014년 『월간 중앙』에 로드클래식(여행기 고전)에 대한 글을 연재했는데, 『열하일기』, 『서유기』, 『돈키호테』, 『걸리버 여행기』, 『그리스인 조르바』와 함께 아메리카를 대표하는 로드클래식으로 『헉 핀의 모험』이 선정된 탓이다.

이 여행기가 특이한 건 미성년자가 주인공이라는 점이다. 앞의 목록에서 보듯, 로드클래식의 주인공들은 충분히 나이가 든 성인이자 순례자인 경우가 대부분이다. 강인한 체력과 깊은 경륜, 구도적 열정이 뒷받침하지 않고서는 국경을 넘고, 문명의 장벽을 넘는 대탐험에 나서기란 불가능한 까닭이다. 그런데『헉 핀의 모험』은 중딩 정도의 미성년자가 주인공이 되어 미시시피 강을 따라 흘러가는 대장정을 그리고 있다. 그렇다고 이 여행이 아동용 모험류라 생각하면 큰 오산이다. "현대의 미국 문학은 모두 마크 트웨인의『허클베리 핀의 모험』이라는 한 권의 책으로부터 비롯되었다." 헤밍웨이(Ernest Hemingway, 1899~1961)의 전언이다. 무엇보다 46배판에 950여 페이지에 달하는『주석 달린 허클베리 핀』의 위용이 작품의 위상을 한눈에 보여 준다. 물론 찬사가 높으면 악평도 따라다니는 법. 출간 당시는 물론이고 마크 트웨인이 '불멸의 명성'을 얻은 뒤에도 이 작품은 공공도서관이나 학교 등에서 종종 금서로 분류되곤 했다. 심지어 '마크 트웨인 중학교'에서도 유해한 책으로 찍히는 아이러니를 연출하기도 했다. 최고의 찬사와 최악의 비난을 동시에 받고 있는 셈인데, 이 양가성이야말로 이 작품을 끊임없이 다시 읽게 하는 원동력일 터이다.

헉은 그 유명한 '톰 소여'의 친구다.『헉 핀의 모험』이 출간되기 전,『톰 소여의 모험』에 카메오로 먼저 등장한다.

톰 소여는 악동이긴 하지만, 그래도 교양 있는 중산층에 속한다. 교환법칙과 연애의 밀당에도 능숙한, 속칭 '발랑 까진' 캐릭터다. 그에 비하면 헉은 '밑바닥' 인생이다. 동네에서 이름난 주정뱅이의 아들이자 부랑소년이다. 옷차림도 넝마에 누더기가 기본이다. "날씨가 좋으면 남의 집 문간 계단에서 잠을 자고 비가 올 때면 큰 나무통 속에 들어가 잠을 잤다. 학교에도 교회에도 갈 필요가 없었고 (……) 낚시질을 하든 헤엄을 치든 마음이 내킬 때 어떤 장소에서건 할 수 있었"다. 요즘으로 치면, 노숙아 아니면 늑대소년 등으로 검색어 1위를 장식할 판이다. 헌데, 이어지는 멘트는 아주 뜻밖이다. "한마디로 이 녀석은 정말로 인생을 살맛나게 사는 데 필요한 것을 뭐든지 다 갖추고 있었다." "세인트피터즈버그에 살면서 어른들한테 시달리며 괴로워하는 얌전한 아이들이라면 누구나 다 그렇게 생각했다."(이상 마크 트웨인,『톰 소여의 모험』, 김욱동 옮김, 민음사, 2009, 85쪽)

아하, 그렇구나! 이게 청소년의 본성이구나! 하지만 우리에겐 이런 캐릭터가 몹시 낯설다. 깔끔하고 고분고분하고 귀엽고… 이게 우리가 아는(혹은 바라는) 10대의 모습이다. 만약 헉 같은 아이가 있으면 십중팔구 범죄를 연상하기 십상이다. 즉각 공권력이 개입하여 어떻게든 교화를 하려고 들 것이다. 헉도 그런 운명에 직면한 적이 있었다. 톰과 모험을 벌이다 뜻밖에 큰돈을 손에 넣게 되자, 그때부터 헉은 더글라스 과부댁에 입양되어 온갖 규칙과 매너를 익혀야 했다. 헉은 '돌아 버릴' 것 같아 다시 통나무로 돌아간다. 헉을 찾아간 톰에게 헉은 이렇게 절규한다.

> "(……) 과부댁은 종이 땡땡 울리면 식사를 하고, 종이 땡땡 울리면 잠을 자고, 또 종이 땡땡 울리면 일어난다니까. 모든 일이 하나같이 지독하게 규칙적이라서 정말로 견딜 수가 없어."
> "다른 아이들도 다 그렇게 하고 있어, 헉."
> "톰, 어쨌든 마찬가지야. 나는 다른 아이들이 아니잖아."
> (『톰 소여의 모험』, 403~404쪽)

그렇다. 나는 "다른" 아이가 아니다! 이보다 더 절실한 외침이 또 있을까. 그리고 덧붙이는 한마디. "먹을거리가 너무 쉽게 얻어지니까 도무지 밥맛이 없어." 이 대목에서 완전(!) 감동 먹었다. 그렇다. 쉽게 얻어지는 것에선 어떤 충만감도 없다. 그것이 생명과 몸의 원리다. 헉은 길바닥에서 그 심오한(!) 이치를 몸소 터득한 것이다. 그 '맛'을 잃어버리게 된 건 다 '그 죽일 놈의' 돈 때문이다. "내 몫도 네가 다 가져. (……) 나는 말이야, 쉽게 손에 넣을 수 있는 것 따위는 눈곱만큼도 관심 없어."(『톰 소여의 모험』, 405쪽) 화폐 법칙의 장벽조차 간단히 뛰어넘는다. 이것이 유년기의 야생성이자 봄의 약동하는 기운이다.

『헉 핀의 모험』은 이 문제적 꼬마의 자전적 이야기다. 헉을 괴롭히는 건 두 가지다. 술주정뱅이 아빠의 '폭력'과 과부댁의 '과보호'가 그것이다. 폭력은 두려움을 낳고, 과보호는 의존성을 낳는다. 헉으로선 둘 다 견딜 수 없다. 해서 그 두 개의 사슬로부터 도주하기로 결심한다. 마침 흑인노예 짐도 남부로 팔려 갈까 봐 두려워서 무작정 튀었다. 제도적 억압에서 탈주하려는 악동 헉과 노예제로부터 탈주하려는 성인남자 짐, 둘은 잭슨 섬에서 만나 친구가 되었고, 추격자들을 피해 미시시피 강을 따라 기나긴 여행을 하게 된다. 헉의 탈주가 자유를 향한 '로드-무비'가 되는 순간이다. 이 여정에선 문명의 허구성과 잔인성이 여지없이 드러난다. 강물이 모든 것을 비추듯이, 헉과 짐은 문명의 이면을 리얼하게 투사하는 일종의 반사체였던 것.

두 사람의 눈에 비친 문명사회는 부조리 그 자체였다. 한 마을에선 두 가문이 숙원(宿怨)으로 쉬지 않고 총질을 해

댄다. 혁이 뭣 때문에 숙원을 지게 되었냐고 묻자, 대답이 아주 걸작이다. 너무 오래되어서 아무도 모른단다. 헐~ 이유도 목적도 모른 채 죽고 죽이다니. 이 야만적인 전투는 양쪽 모두가 쓰러질 때까지 계속될 것이다. 또 천막부흥회는 성령의 열기와 더불어 에로틱한 분탕질로 들끓고, 그 와중에 야바위꾼들은 군중들에게 돈을 뜯어내느라 여념이 없다. 이런 장면을 목격할 때마다 혁은 토할 것 같다. 그래서 끊임없이 도주한다. 강물 위를 자유롭게 떠다니는 뗏목 위로. 뗏목 위에는 '좋은 친구' 짐이 있고, 드넓은 하늘이 있고, 숲과 바람과 물결이 있으므로.

그렇게 흘러가다 마침내 혁은 최후의 장벽과 마주한다. 두 야바위꾼들이 짐을 40달러에 팔아먹은 것이다. 혁은 깊은 고뇌에 잠긴다. 짐을 구출할 것인가? 아니면 그를 다시 주인에게 돌려줄 것인가? 여기가 바로 이 '로드-무비'의 클라이맥스에 해당한다. 이 작품의 배경은 1840년대. 남북전쟁(1861~1865) 이전만 해도 노예제는 신성불가침의 영역이었다. 도망노예를 돕는 건 누군가의 재산을 탈취하는 "아주 비열한" 짓에 속했다. 해서 혁은 손이 부들부들 떨릴 정도로 양심의 가책에 시달린다.

그러다가 강을 따라 내려온 우리의 여행을 다시 떠올려 보게 되었다. 나는 짐이 항상 내 앞에 있었음을, 낮이고 밤이고, 때로는 달빛 아래서나 때로는 폭풍 아래서도 그러했음을, 우리는 함께 뗏목을 타고 떠 가면서 이야기를 나누고 노래하고 웃었음을 새삼스레 깨달았다. (……) 심지어 나야말로 짐 영감에게는 이 세상에서 제일 좋은 친구라고, 지금 당장으로선 '유일한' 친구라고 하던 말이 떠올랐다.(마크 트웨인,『주석 달린 허클베리 핀』, 박중서 옮김, 현대문학, 2010, 720~721쪽)

헉은 드디어 결단을 내린다. "좋아, 그러면 지옥에 가자." 우정과 의리를 위해 지옥행을 선택한 것이다. "나는 무슨 수를 써서라도 짐을 다시 훔쳐 내 노예 상태에서 벗어나게 할 것이다. 그리고 혹시 그보다 더 끔찍한 일을 생각할 수만 있다면, 그 일 역시 하고 말 것이었다."(『주석 달린 허클베리 핀』, 722쪽) '톰 소여'류 악동소설의 범주를 넘어 미국 문학의 최고봉이 되는 순간이다. 10대의 야생성이 객기 어린 방랑이나 모험이 아니라 학교와 가족, 국가와 교회가 쳐 놓은 온갖 그물망을 해체하는 '탈주의 여정'이 될 수 있음을 멋지게 그려 낸 것이다.

이 책을 읽으면서 많은 상념이 떠올랐다. 우리에게 청소년은 감시와 보호의 대상이다. 끊임없이 간섭해야 하고, 또 보호해 줘야 한다. 그 결과 청소년은 한없이 나약하고 소심해졌다. 그와 동시에 간섭과 돌봄의 시간은 점점 더 늘어난다. 대학에 가도, 취직을 해도 그 장막은 거두어지지 않는다. 이런 상태라면 '요람에서 무덤까지' 이어질 태세다. 그 끝에는 대체 무엇이 기다리고 있을까? 누구나 알고 있듯이, 자신을 구하는 것은 오직 자기뿐이다! 그렇다면, 이젠 스스로 자신의 삶을 열어 가도록 해야 하지 않을까? '간섭과 돌봄'이라는 두 손길을 동시에 거절할 수 있어야 두 발로 설 수 있는 법, 탈주와 자립을 꿈꾸고 기획하기에 10대보다 더 좋은 시기는 없다!

공감과 소통의 달인들

신재효, 『한국 판소리 전집』

현대인들의 화두는 '행복'이다. 정규직을 열망하는 이유도, 스펙에 매달리는 이유도, 성형에 올인하는 이유도 다 행복을 위해서다. 그런데 결과는 아주 유감스럽다. 피로 아니면 중독, 권태 아니면 변태. 쉽게 말해 '죽거나 나쁘거나'인 것. 대체 어쩌다 이 지경이 되었을까? 많은 이유가 있겠지만, 문득 이런 생각이 들었다. 현대인들은 행복을 '즐거움의 연속'으로 착각하고 있는 건 아닐까. 그래서 조금이라도 즐겁지 않은 상태가 오면 곧바로 우울해지고 얼른 거기에서 빠져나오려고 몸부림치는 게 아닐까. 그러다 보니 쾌락적 자극에 쉽게 노출되고, 그렇게 우울함과 쾌락을 바쁘게 오가다 보면 어느덧 중독이라는 덫에 걸려드는 게 아닐까, 하고.

　만약 그런 식이라면 우리는 행복을 위해 달려갈수록 더더욱 불행해진다는 역설을 피할 수 없다. 그렇다면 지금 당장 우리가 해야 할 일은 그런 '말도 안 되는' 전제로부터 벗어나는 것이다. 일단 그런 식의 행복은 원초적으로 불가능하다. 사회경제적 차원 이전에 우리가 살아가는 이 우주는 기본적으로 카오스다. 찰나찰나가 무상하다. 우리들의 몸과 감정 역시 쉬지 않고 움직인다. 아니, 거꾸로 변화무쌍해야 살아 있다고 느끼게 된다. 즉, 생명은 즐거움의 상태만 지속되기를 원하지 않는다. 그럼? 희로애락애오욕(喜怒哀樂愛惡慾), 칠정(七情)을 다 누리고 싶어 한다. 더 정확히 말하면 칠정의 파노라마를 원한다. 왜냐하면, 그 파노라마가 연출하는 파동이 곧 생명력의 원천이기 때문이다.

　이것은 절대 수사학이 아니다. 오장육부에는 감정이 배속되어 있다. 간/담엔 분노, 심/소장엔 기쁨, 비/위는 생각, 폐/대장은 슬픔, 신/방광은 두려움 등. 이뿐 아니다. 인의예지신 같은 윤리적 지향도 오장육부의 생리와 연동되어 있다. 건강이란 몸 전체의 균형이라고 할 때 칠정의 균형 또한 절대적으로 중요하다. 아니, 생리와 심리는 결코 분리될 수 없다. 하지만 자본은 오직 소유와 증식만을 갈구하기 때문에 감정 또한 한없이 끌어올리려고만 든다. 그러다 보니 행복은 즐거움으로, 즐거움은 쾌락으로, 쾌락은 중독으로 치닫게 되는 것이다.

이 치명적 덫에 걸려들지 않으려면 칠정을 고루 느끼고 감당할 수 있어야 한다. 기쁨과 즐거움에만 고착되어 버리면 슬픔이나 분노 앞에서 쉬이 무너지고 만다. 또 슬픔이나 분노를 제대로 통과하지 못하면 즐거움과 기쁨을 누리는 능력 또한 위축되어 버린다. 결국 핵심은 희로애락을 매끄럽게 통과하는 일이다. 넘치지도 모자라지도 않게! 그래서 고전이 필요한 것이다. 고전은 단순히 내용이 훌륭한 텍스트가 아니다. 고전의 말과 소리는 호흡을 조절하고 정서적 치우침을 조율하는 파동을 지니고 있다. 희로애락의 진수가 담긴 고전이라면 '판소리계 소설'이 단연 으뜸이다.

판소리는 조선 후기가 낳은 최고의 민중예술이다. 고수는 북을 잡고 광대는 창을 한다. 무대는 단순하고 울림은 압도적이다. '귀명창'이라는 말이 있을 정도로 청중의 추임새가 중요하다. 창과 아니리, 비장과 골계가 교차할 뿐 아니라 느림의 극한인 진양조장단에서 흥의 절정인 휘모리장단까지 두루 갖춘, 요즘말로 치면 '융복합적' 예술이다. 장르적으로 세밀하게 분화되어 오직 하나의 정서만을 부각하는 현대예술과는 차원이 다르다.

원래 열두 마당이었는데, 19세기에 이르러 여섯 마당으로 축소되었다. 한국인이라면 누구나 알고 있는 춘향가, 심청가, 박타령, 수궁가, 적벽가, 변강쇠타령 등이 그것이다. 19세기 중반 당대를 주름잡던 예인 신재효(申在孝, 1812~1884)가 정리한 『한국 판소리 전집』(강한영 옮김, 서문당, 2007)이 가장 대표적인 텍스트다. 양반 취향에 맞추느라 표현을 많이 순화시킨 것이 흠이다. 이본들의 다양성과 생동감을 제대로 음미하고 싶다면 『조선 최고의 예술 판소리』(정출헌, 아이세움, 2009)를 참고하시라.

판소리계 소설에 대한 평가는 대체로 이념적이거나 도덕적이다. 즉, 신분적 모순과 해방의 차원에서 해석하거나 아니면 삼강오륜의 충실한 수호자로 보거나. 전자는 과잉 해석이고 후자는 과소평가다. 판소리의 미덕은 어디까지나 인정물태와 희로애락의 파노라마다. 이 활발발한 기운이 봄의 역동성과 맞닿아 있다.

여봐라 춘향아 저리 가거라. 가는 태도를 보자. 이만큼 오너라. 오는 태도를 보자. 방긋 웃어라. 아장아장 걸어라. 걷는 태도를 보자. 너와 내가 만난 사랑 연분을 팔자 한들 팔 곳이 어디 있나. 생전 사랑 이러하니 어찌 죽은 후에 기약이 없을쏘냐. 너는 죽어 될 것 있다. 너는 죽어 글자 되되 땅 지(地) 자, 그늘 음(陰) 자, 아내 처(妻) 자, 계집 녀(女) 자 변이 되고 나는 죽어 글자 되되 하늘 천(天) 자, 하늘 건(乾) 자, 지아비 부(夫) 자, 사내 남(男) 자, 아들 자(子) 자 몸이 되어 계집 녀(女) 변에다 딱 붙여 좋을 호(好) 자로 만나 보자. 사랑 사랑 내 사랑.(길진숙·이기원 풀어 읽음,『낭송 춘향전』, 북드라망, 2014, 77쪽)

사랑에 대한 표현이 이렇게나 다양할 수 있다니! '내 꺼' '니 꺼' '내 꺼인 듯 내 꺼 아닌' '내 꺼 중에 최고' 같은 온통 소유와 집착으로 표현되는 요즘의 노래들과는 차원이 다르다. 이것은 당시의 언어적 풍부함을 표현하기도 하고 춘향이와 이도령이 나누는 에로스의 충만함을 의미하기도 한다. 춘향이가 변사또와 당당하게 맞설 수 있는 저력도 바로 여기에서 비롯한다. 변사또가 수청을 강요하자 춘향이는 이렇게 대든다. "여보, 사또·백성을 사랑하고 정치를 바로 하는 것이 백성을 다스리는 도리인데, 음란한 행실 본을 받아 매질하는 것으로 줏대를 삼으니, 다섯 대만 더 맞으면 죽을 터인즉, 죽거들랑 사지를 찢어 내고 굽거나 지지거나 갖은 양념에 주무르거나 잡수시고 싶은 대로 잡수시고, 머리를 베어다가 한양성 안에 보내 주시면 꿈에도 못 잊을 낭군 만나겠소. 어서 바삐 죽여 주오.”(이명선 소장본 『춘향가』; 『조선 최고의 예술 판소리』, 68쪽 재인용)

변사또가 질릴 정도로 입담이 세다. 열여섯 처녀아이한테 이런 배짱과 분노가 대체 어떻게 가능할까? 그 원천은 이념이나 도덕이 아니라 에로스다. 이도령과 나눈 에로스의 향연이 그녀를 이토록 당당하게 만든 것이다. 요컨대, 사랑의 기쁨과 분노의 파토스는 분리되지 않는다.

효의 아이콘 심청이는 또 어떤가. 애비는 눈이 멀었고, 에미는 태어난 지 얼마 안 돼 산후조리를 못해 세상을 떠났다. 갓난아기 적엔 눈먼 애비가 젖동냥해서 키웠고, 일곱 살이 되자 스스로 동냥을 해서 애비를 봉양했다. 열두 살이 되자 더 이상 공밥을 먹지 않겠다며 삯바느질로 생계를 꾸려나간다. 이것이 심청이의 유년기다. 요즘으로 치면 약자도 이런 약자가 없다. 하지만 심청이는 한 번도 약자인 적이 없다. 자신의 힘이 닿는 만큼 자신의 생을 지켰기 때문이다. 그리고 더 중요한 것 하나. 이런 고난에도 본성을 조금도 훼손하지 않았다는 사실이다. 왜 나는 이렇게 태어났는가? 왜 내가 애비를 봉양해야 하는가? 라고 한탄하지 않았다. 어리

고 힘이 없어 동냥을 해서 생계를 유지했지만 당당했다. 이
것은 본성일까? 후천적 노력일까? 뭐가 됐든 중요한 건 인
간은 본디 '이런 존재'라는 것이다. 가난과 고난 앞에서 그
렇게 쉽게 무너지지 않는다는 것.

어디 그뿐인가. 심봉사가 공양미 삼백 석을 시주하겠다
고 공언을 하자 곧바로 자신의 몸을 뱃사람들에게 판다. 맹
인인 부친의 눈을 뜨게 하는 것이 자신의 운명임을 기꺼이
받아들인 것이다. 공양미 삼백 석을 대신 내주겠다고 하는
장승상 부인에게 하는 말.

부인께서 저를 아껴 주시고 은혜를 베풀어 주셨는데, 제
가 그것을 믿고 부인께 염치없이 돈을 내놓으라 했다면
그것은 사람의 도리가 아닌 것 같습니다. 또한 부모를
위해 정성을 다할 때, 어찌 남의 재물에 의지하겠습니
까? 게다가 뱃사람들과 이미 약속하였으니 이제 와서 말
을 바꾸기는 차마 못할 일입니다. 저는 이미 마음을 정
했고, 제 운명도 이미 정해졌사옵니다. 말씀은 고맙기 그
지없으나 따르지는 못하겠나이다.(완판본『심청전』;『조선
최고의 예술 판소리』, 108쪽 재인용)

오! 이 당당한 소녀를 보라! 나이로 치자면 혁 편과 거

의 같은 10대 초반이다. 그런데도 사람살이의 이치를 완전히 꿰고 있다. 심청이도 당연히 죽음이 두렵다. 바다에 뛰어들기 전 뱃전에서 벌벌 떨고 비탄에 몸부림치기도 한다. 두렵지 않아서 그 길을 가는 것이 아니라, 두려움에도 불구하고 그 길을 선택하는 것이다. 헉 핀이 지독한 번민 끝에 지옥에 가겠다고 결심한 것처럼! 청소년 특유의 배짱과 뚝심이 있었기에 이런 식의 정면승부가 가능한 법이다.

『흥부전』의 수준 역시 만만치 않다. 흥부는 한편 불쌍하고 한편 무능해 보이는 캐릭터다. 놀부인 형한테 쫓겨난 걸 생각하면 좀 안됐지만, 가난한 처지에 애들은 주렁주렁 낳은(무려 25명이나 된다^^) 것이나(요즘 같은 저출산 시대엔 완전 슈퍼맨이다!) 가장 노릇도 못하면서 아내한테는 가부장적 권위를 행사하는 모습들이 영 한심해 보인다. 하지만 그건 『흥부전』을 겉핥기만 한 데 지나지 않는다. 만약 그런 인물이라면 천지신명이 그런 복을 가져다줄 리가 있는가.

일단 흥부는 게으르거나 무능하지 않다. 형한테 쫓겨난 이후 온갖 날품팔이를 다 뛴다. 그래도 먹고살기가 여의치 않자, 나중엔 매품까지 판다. 매품이란 죄인 대신 곤장을 맞아 주는 알바다. 헌데, 그것조차 옆집 꾀쇠아비한테 새치기를 당한다. 헐~.

인간이 이쯤 되면 다른 사람의 처지를 돌아볼 여유란 없다. 십중팔구 정신과 육체가 황폐해질 대로 황폐해져 버리기 때문이다. 하지만 흥부는 그렇지 않았다. 주린 배를 움켜쥐고 처마 끝에 쪼그리고 앉아 봄 햇살을 쬐고 있다가 우연히 제비 새끼가 다리가 부러진 걸 목격하고는 정성을 다해 치료한다.(『조선 최고의 예술 판소리』, 133쪽)

정말 감동적인 대목이다. 자신의 불행을 건사하기도 힘든데 미물 중의 미물이라 할 수 있는 새끼 제비의 아픔이 눈에 들어오다니 말이다. 이것이 공감 능력이다. 칠정의 파노라마가 중요한 건 바로 이 때문이다. 희로애락애오욕은 끊임없이 흐른다. 흐르면서 자신을 넘어 타자에게로 흘러간다. 흥부는 그야말로 공감의 달인이었던 것. 그러니 천지가 어찌 그에게 응답하지 않겠는가. 그런 점에서 제비박은 지극히 당연한 보응이다. 또 달리 생각하면 평생 고생만 하는 팔자는 없다. 바야흐로 흥부의 고생살이가 끝날 때가 된 것이다.

제비박에선 온갖 보화가 쏟아진다. 제비박으로 대박을 친 것이다. 자, 이럴 때 바로 그 사람의 인격과 성정이 드러난다. 흥부는 이렇게 말한다.

"돈 봐라, 돈 봐라, 얼씨구나 돈 봐라. 잘난 사람은 더 잘난 돈, 못난 사람도 잘난 돈. 생살지권을 가진 돈, 부귀공명이 붙은 돈. 이놈의 돈아, 아나 돈아, 어디를 갔다가 이제 오느냐?" "둘째 놈아 말 듣거라. 건넛마을 건너가서 너의 백부님을 오시래라. 경사를 보아도 형제 볼란다."
"불쌍하고 가련한 사람들, 박흥부를 찾아오소. 나도 내일부터 기민(饑民)을 줄란다. 얼씨구나 좋을시고." (박봉술 창본 『박타령』; 앞의 책, 151쪽 재인용)

제비 새끼를 치료해 줄 때보다 더 놀랍다. 대박을 치자마자 자신을 그렇게 냉대한 형님 놀부를 모셔 오라고? 오 마이 갓! 아니 배알도 없나? 그런 '못돼 처먹은' 형을! 한술 더 떠 내일부터 당장 기민 구휼에 나서겠단다. 그게 그렇게 하고 싶었단 말인가? 그렇다! 이것이 바로 흥부의 본성이다. 이제 부자가 되었으니 형에 대한 원망은 눈 녹듯 녹았고, 그동안 언제나 구휼의 대상이었으니 이젠 자기도 구휼을 하고 싶다는 생각이 든 것이다. 따지고 보면, 지극히 당연한 일이다. 받기만 했으니 주고 싶은 것이 인지상정 아닌

가. 그렇다. 흥부에게 있어 '우애와 증여'는 원초적 본능이자 우주적 공감 능력의 또 다른 표현일 뿐이다.

간을 지키려는 토끼와 간을 빼앗으려는 자라 사이의 치열한 밀당이 벌어지는 『수궁가』나 변강쇠와 옹녀의 살 떨리는 포르노그래피 『변강쇠가』 등도 흥미진진, 변화무쌍하기 이를 데 없다. 판소리의 주인공들이 처한 운명은 가혹하다. 하지만 그들은 영혼이 잠식되지도, 원한에 사무치지도 않는다. 기쁘면 기쁜 대로, 슬프면 슬픈 대로 그 과정을 오롯하게 통과한다. 서둘러 해피 엔딩을 향해 달려갈 필요도 없다. 중요한 건 희로애락의 전 과정을 생생하게 마주하는 것이다. 따지고 보면 현대인들이 그렇게 갈망해 마지않는 행복이란 것도 결국은 이 '마주침들' 자체에 있는 것이 아닐까.

한 가지 더. 위에서 음미했듯이 판소리계 소설의 주인공들은 하나같이 입담이 끝내준다. 말이 곧 밥이자 무기이며 삶의 비전임을 실감할 수 있다. 그래서 소리 내어 읽어야 제대로 맛이 난다. 책읽기에서 소리가 제거되고 말은 카톡으로 대신하고 언어폭력이 횡행하는 우리 시대와 여러모로 대비된다. 언어가 폭력이 되지 않으려면 '고운 말', '친절한 말'이 아니라 질펀하고 푸짐한, 한마디로 살아 숨쉬는 '말잔치'가 필요하다는 것, 그 말의 원천은 어디까지나 희로애락의 파동이라는 것, 이것이 판소리가 전해 주는 '인생 꿀팁'이다.

길 위에서 펼쳐지는 '마이너-리그'의 향연

홍명희, 『임꺽정』

교사 연수, 주부 공부방, 환경단체, 구청 및 대학병원, 도서관, 경영자회의 등등. 지난 한 달 동안 내가 고전 강의를 했던 단체들이다. 지역적으로 보면 서울, 부산, 대구, 익산, 전주 등이고 세대적으로 보면 10대에서 7080세대까지를 망라한다. 가히 '대중지성'의 시대라 할 만하다. 짐작하듯, 2008년 금융위기 이후 한국사회에 불어닥친 인문학 열풍 덕분이다. 그 허와 실을 따지는 건 일단 제쳐 두고, 이런 식의 '가로지르기' 자체는 분명 주목할 만하다. 대체 인문학이 아니고서야 이렇게 이질적인 존재들의 네트워크가 어떻게 가능할 것인가. 상품과 자본, 정보가 아무리 막강하다 한들 그것이 흘러다니는 루트는 편협하다. 무엇보다 '세대적' 교차점은 희박하기 이를 데 없다. 하지만 고전은 삶과 삶을 연결한다. 그 안에 생로병사의 파노라마가 담겨 있기 때문이다. 지역과 계층, 세대적 장벽을 훌쩍 뛰어넘을 수 있는 저력도 거기에 있을 터이다. 아무튼 이렇게 분주한 스케줄을 소화하다 보니 당연히 책을 읽을 시간도, 글을 쓸 시간도 없었다. 대신 이런 때는 길 위의 모든 현장이 '나의 서재'가 된다. 현장의 구체성을 탐구할 수 있는 살아 있는 서재!

이 '길 위의 서재'에서 건진 화두 하나. 이 '대중지성'의 흐름 속에서 대학(생)의 위상은 어디쯤일까? 물론 요즘은 대학에서도 인문학 강연을 한다. 솔직히 이 말 자체가 형용모순이다. 대학은 본디 인문학의 산실인데, 인문학 특강이 따로 있다니. 그건 대학에 인문학이 없다는 뜻이 아닌가? 그렇다. 대학에는 인문학이 없다. 특정 분과학을 말하는 게 아니다. 존재와 세계에 대한 탐구로서의 인문학을 말한다. 이것은 대학의 모든 분과학에 삼투되어 있어야 한다. 그렇지 않다면 대학은 지성을 포기했다는 뜻이나 다름없다. 지성이 없는 대학? 그건 '앙꼬 없는 찐빵', '오아시스 없는 사막'이다. 과연 그렇다. '대학의 사막화'는 대학생들의 무기력한 신체성을 통해 여지없이 드러난다.

대학생들에게 인문학은 일종의 구경거리다. 존재와 세계의 이치를 놓고 한판 승부를 벌이는 지적 긴장은 고사하고 그저 몽롱한 시선으로 '바라만' 본다. 손에선 스마트폰을 놓지 못한 채로. 질문을 하라고 하면 "알바에, 과제에, 정말 힘든데 어떻게 해야 되나요?" "무슨 책부터 읽어야 하죠?" "고전공부하다 경쟁에 뒤처지면 어쩌죠?" 등등. 논쟁이 아니라 상담을 한다. 헐~. 그래서 이렇게 답했다. 그렇게 힘들면 대학을 그만두라고, 지성의 기쁨은 고사하고 오직 불안만을 야기하는 그런 대학을 왜 다니느냐고.

한번 따져 보자. 단군 이래 대체 어느 시대가 청춘에 대해 녹록했던 적이 있었던가? 정말 지금 시대만 그렇게 힘든가? 멀리 갈 것도 없이 굶주림과 빈곤이 뼈에 사무쳤던 산업화 세대는 물론이고 혁명, 통일 같은 거대담론을 등에 짊어지고 공장으로 감옥으로 가기를 자처했던 민주화 세대의 청년기를 떠올려 보라. "예전보다 훨씬 좋아졌어, 배가 불러서들 그래", 같은 '꼰대주의'를 되풀이하고자 함이 아니다. 어느 시대건 세상의 문턱은 턱없이 높았다는 것. 과거에는 주로 빈곤과 억압이 핵심이었다면, 지금은 상품과 소비의 유혹이 치명적이라는 점이 다를 뿐이다. 각기 다른 문턱 앞에서 그걸 뛰어넘기 위해 전력을 기울여야 하는 건 마찬가지다. 앞으로도 역시 그럴 것이다. 대학이 지성의 광장이어야 하는 이유도 거기에 있다. 이때 지성은 다르게 사유하고자 하는 열정이고, 실패를 두려워하지 않는 무모함이다. 그래서 야생적이다. 청춘을 에로스와 로고스의 향연이라 하는 것도 그 때문이다.

하지만 불행히도 우리 시대 대학에는 그에 걸맞은 청춘이 없다. 제도와 시스템의 문제라고 하기엔 이미 늦었다. 설령 제도와 시스템의 결함을 찾아낸다 한들 과연 그걸 해결할 수 있는 대학 당국, 교육부, 정치인이 있기나 할까. 하여, 이제 믿을 건 청년들 자신뿐이다.

이런 믿음을 심어 준 고전이 『임꺽정』(전 10권, 사계절, 2008)이다. 구한말 이광수, 최남선 등과 더불어 조선의 3대 천재로 불렸던 벽초 홍명희(碧初 洪命熹 1888~1968)의 작품이다. "순조선적 정조"를 견지하겠다는 작가의 선언대로 모더니즘적 유행에도, 사회주의적 이념에도 포획되지 않은 '원초적 생동감'이 두드러진다. 연산군에서 명종대까지 난세를 주름잡은 임꺽정과 그의 친구들, 곧 칠두령의 이야기가 기본 줄거리다. 1980년대에는 이 작품을 주로 신분모순과 체제에 대한 저항 등의 관점에서 읽어 냈다. 하지만 이 작품은 그런 식의 독법에 결코 갇히지 않는다. 내가 이 작품을 이 시대에 다시 호명하게 된 건 무엇보다 '청춘이란 무엇인가', 그 계보학적 탐색을 시도하기 위해서다.

칠두령은 '길 위의 청년들'이다. 국가, 신분, 직업, 그 어떤 것도 그들을 묶어 놓을 수 없다. 그들은 사농공상(士農工商)의 범주를 벗어난 '언터처블'(불가촉천민)이다. 게다가 그들은 저 범주 안에 들어가고 싶은 욕망이 전혀 없다. 처음 내 시선을 사로잡은 대목 하나.

"너 어디 사느냐?"

"양주 읍내 삽니다."

"나이 몇 살이냐?"

"서른다섯 살입니다."

"부모와 처자가 있느냐?"

"아버지가 있고 처자도 있습니다."

"네 집에서는 농사하느냐?"

"아닙니다. 아무것도 아니하고 놉니다."(『임꺽정 3: 양반 편』, 380~381쪽)

그렇다. 꺽정이는 '노는 남자'다. 그의 의형제들인 봉학이, 유복이, 천왕동이 등도 다들 비슷하다. 그럼 뭘 하고 노는가? 배우면서 논다. 꺽정이는 봉학이, 유복이와 더불어 서울 갖바치의 집에서 청년기를 보냈다. 갖바치 역시 백정 출신이지만 유불도 '삼교회통'의 이치를 터득한 당대 최고의 지성인이다. 이 청년들은 갖바치의 집에 더부살이를 하면서 많은 걸 배운다. 검술과 표창, 활과 축지법, 돌팔매와 지략 등등. 배움이 문자로 환원되지 않는다는 걸 보여 주는 셈이다. 그럼, 배워서 뭐 하지? 아무 이유 없다! 그냥 배운다. 놀면서 배우고, 배우면서 논다. 배움에 대한 이 무모한 열정, 이들로 하여금 어떤 권위에도 무릎 꿇지 않는 자존감과 배짱을 부여해 준 원천은 바로 거기에 있다. 하여, 이들의 행로는 아주 특별한 '마이너-리그'가 된다. 주류적 배치에서 벗어나 낯설고 새로운 경로를 발명해 낸 것이다.

우리 시대 청춘들은 이 경지와 원리를 결코 이해할 수 없으리라. 우리 시대에 있어 뭔가를 배운다는 건 자격증, 곧 화폐로 교환되는 걸 의미한다. 대학에서 '청춘의 열정'이 증발된 것도 따지고 보면 이 교환법칙으로 인해서다. 그런데 그렇게 돈을 밝히는데도 대학생들의 다음 스텝은 청년백수다. 설령 그럴듯한 정규직을 얻는다 해도 역시 중년엔 명퇴를 감내해야 한다. 더 나아가 정년까지 버틴다 해도 정년 이후의 많은 시간을 다시 백수로 보내야 한다. 결국 인간은 태생적으로 백수인 셈이다. 백수로 왔다 백수로 가는! 그렇다. 평생 주류가 되기를 열망하지만 결국은 소수자(마이너)로 끝나는 게 인생이다. 그렇다면 청년기에 터득해야 하는 건 이 '마이너-리그'를 통과할 수 있는 삶의 기예, 곧 지성의 열락이 아닐까. 그리고 그것은 철저히 신체적이다. 백수에게 유일하고도 고귀한 자산은 몸뿐이니까. 이 정도만 해도 『임꺽정』이 우리 시대 청춘들에게 하나의 지도가 되기에 충분하지 않을까?

또 하나. 이 작품은 무려 10권이다. 스마트폰 시대의 호흡과는 영 어울리지 않는다. 알다시피, 스마트폰은 '빠름빠름'이 교리다. 1초 안에 엄청난 양의 정보를 담을 수 있다고, 그것이 능력이라고 선전해 댄다. 이런 스투피드! 그건 능력이 아니라 폭력이다. 그걸 담아서 대체 뭣에 쓰려는가? 그런다고 나의 24시간이 240시간이 된다던가? 무제한 다운로드를 받는다고 내 인생이 무제한으로 늘어나는 건 아니다. 오히려 그 빠름에 끌려다니다 보면 어느 날 문득 정보의 바다에 익사하고 말 것이다. 이런 뻔한 이치를 외면하는 건 무엇 때문일까? 긴 호흡으로 살아 본 적이 없기 때문이다. 그래서 장편을 읽어야 한다. 책을 읽는다는 건 내용과 서사, 정보와 교훈을 얻는 것만을 뜻하지 않는다. 진짜 핵심은 책의 '리듬과 강밀도'를 체득하는 일이다. 스마트폰이 퍼뜨리는 '빠름의 교리'를 거스를 수 있는, 청춘의 열정에 긴 호흡을 불어넣을 수 있는 대안으로 장편고전을 읽는 것만 한 게 없다! 아, 한 가지 더. 『임꺽정』에도 '판소리계 소설' 못지않게 도처에서 질펀한 입말들과 가슴 뛰는 에로스의 향연이 펼쳐진다. 그 '진맛'을 누릴 수 있다면, 스마트폰의 현란한 스펙터클 같은 건 좀 시시하게 보일지도 모른다.

지극한 정에서 깨달음의 여정으로!

조설근·고악, 『홍루몽』

2014년(갑오년) 봄은 유달리 빨리 왔다. 4월이 채 되기도 전에 개나리와 진달래, 목련과 벚꽃까지 한꺼번에 피어나더니 홀연 천지를 뒤덮었다. 공동체(감이당&남산강학원)의 뒷산이기도 한 남산 순환도로를 산책하면서 우리는 수없이 탄성을 쏟아 냈다. 오, 이런 지복을 누리다니! 하지만 봄날은 짧았다. 서둘러 만개했던 꽃들은 비가 오고 바람이 불자 순식간에 떨어져 버렸다. 아, 또 이렇게 봄날이 가는구나! 하지만 그때는 몰랐다. 이것이 저 '4월 16일'(세월호참사)의 전조라는 걸. 청명의 끄트머리 즈음, 진도 앞바다에서 수백 명의 청춘들이 꽃잎처럼 스러져 버렸다. 봄은 오행상 목

(木)이고, 목은 만물을 살리는 기운이다. 그래서 청춘의 계절이다. 하지만 우리는 이 눈부신 봄날, 단 한 명의 청춘도 살리지 못했다. 그들은 속수무책으로 바다로 가라앉았다. 과적과 부실로 무게중심을 잃어버린 '세월호'와 함께. 탐욕과 부패, 소외와 무지로 존재의 평형수를 잃어버린 '우리들의 시대'와 함께.

『홍루몽』(紅樓夢)은 중국 최고의 소설이다. 제목이 암시하듯, 청춘남녀의 아름다운 '대서사'다. 그래서 봄이 오면 늘 『홍루몽』을 읽고 싶어진다. 노동과 화폐에 찌들어 사랑도, 우정도 '사막화'되어 가는 우리 시대 청춘들에게 들려주고 싶어서다. 이런 에로스도 있다고. 이런 여성성, 이런 인생도 있다고. 하지만 4월 16일 이후 『홍루몽』을 읽는다는 건 고통이었다. 작품 속의 주인공들 위로 세월호의 청춘들이 끊임없이 겹쳐졌기 때문이다.

저자는 조설근(曹雪芹, 1715~1763)과 고악(高鶚, 1763~1815) 두 사람이다. 보다시피 생몰연대가 현격하게 다르니 공동작업을 할 처지는 아니다. 조설근이 80회까지 쓰다가 세상을 떠나자 그가 짜 놓은 대략의 스케치를 보고 고악이 후반부를 완성하여 총 120회가 되었다. 일종의 릴레이 연작인 셈이다. 조설근은 남경의 부유한 가문에서 태어났지만 가문의 몰락으로 북경으로 이주하여 불우한 일생을 보냈다. 시화에 능했으나, 평생 『홍루몽』80회를 지었을 뿐이다. 고악 역시 낙척한 선비로 지내다 친구의 부탁으로 『홍루몽』 후반부를 완성했다. 조설근이 죽은 해에 고악이 태어난 점이 흥미롭다. 마치 하나의 생이 또 다른 생으로 이어지면서 '대서사'를 완성해 가는 과정을 보여 주는 듯하다.

청나라 왕조가 절정에 이른 18세기, 중국 최고 명문가인 영국부(榮國府)가 작품의 배경이다. 표면적으로 보자면 이 소설은 이 거대가문의 흥망성쇠를 다룬다. 주인공 가보옥의 아버지는 황제의 신임을 받는 고위관료이고, 누이는 황제의 총애를 한몸에 받는 귀비다. 하여, 천하의 부귀와 복락은 다 이 가문으로 들어온다. 아니, 그런 것처럼 보인다. 하지만 딱 한 꺼풀만 벗기면 이 부귀영화의 이면이 드러난다. 입신양명을 둘러싼 온갖 비리와 부패, 얽히고설킨 치정관계, 위선과 허세, 폭력과 음모 등등. 지극한 부귀는 언제나 이렇듯 '존재의 침몰', '윤리의 몰락'을 요구하는 법이다.

이것이 남성적이고 가부장적 세계라면, 그 내부 깊숙한 곳에 아주 이질적인 공간이 하나 있다. 대관원이라는 '시크릿 가든'이 그것이다. 이곳은 '금릉 12차'라 불리는 젊고 아리따운 여성들의 공간이다. 여기가 이 소설의 진짜 배경이다. 그런데, 놀랍게도 이 세계를 주도하는 건 이 가문의 유일한 후계자인 청년 가보옥이다. 이 청년의 시선은 아버지로 대표되는 저 부귀공명의 세계가 아니라 사랑과 우정, 시와 낭만이 흐르는 대관원으로 향한다. 그는 원초적으로 '여성성'을 타고난 남성이다. 그럼 트랜스젠더? 아니면 카사노바? 둘 다 아니다! 그는 여성 같은 남성도, 여성을 '밝히는' 남성도 아닌, 오직 '여성적인 것'을 깊이 사랑하는 존재다. 그는 '남성적인 세계'를 혐오한다. 남자의 몸은 더럽고 추악하며 냄새가 난다면서. 오호, 이건 대체 어떤 경지일까?

세상에서 음란함을 좋아하는 자라 함은 대개 여인의 용모를 좋아하고 가무를 즐기며 웃고 떠드는 데 지겨워하지 않고 남녀 간의 운우에 때를 가리지 않으며, 천하의 미녀들을 자신의 순간적 쾌락으로 삼지 못해 안달나하는 자이나 이는 말초적인 음란함을 추구하는 바보 같은 자들이다. 그런데 너[가보옥]는 지금 천성적으로 깊은 사랑에 빠진 자로 우리는 이를 '의음'(意淫)이라고 한다. 뜻이 넘친다는 이 '의음'이란 두 글자는 입으로는 전할 수 없고 오직 마음으로만 느낄 수 있을 뿐이며, 말로는 밝힐 수 없고 정신으로만 통할 수 있을 뿐이다. 지금 이 두 글자를 얻었다 함은 규중에서 진실로 좋은 벗이 된다는 것을 의미하지만 세상의 길과는 어긋나고 엇갈리어 백방으로 비난받고 수없는 눈총을 받게 될 것이다.(조설근·고악, 『홍루몽 1권: 통령보옥의 환생』, 최용철·고민희 옮김, 나남, 2009, 143~144쪽)

경환선녀의 입을 통해 말해지는 가보옥의 '성정체성'이다. 의음(意淫)이라? 참으로 낯설다. 바야흐로 '연애만능시대'를 살고 있지만 우리의 사랑법은 실로 빈곤하기 짝이 없다. 남성(성) 아니면 여성(성), 멜로 아니면 포르노, 소유 아니면 배신. 이런 이분법이 고작이다. 화폐와 쾌락에 속박되는 것도 그 때문일 터. 그러니 청춘이 어찌 황폐하지 않으리오. 봉건제와 가부장제의 한복판에서 어떻게 이런 '여성성'이 만개할 수 있을까? 『홍루몽』에 감탄하는 이유다.

이 청춘남녀의 에로스는 끊임없이 유동한다. 사랑에서 우정으로, 우정에서 지성으로, 이성애에서 동성애 혹은 양성애로. 주인공 가보옥은 금릉 12차를 비롯하여 모든 처녀들을 사랑한다. 이 사랑은 우리가 아는 그 어떤 것과도 공통점이 없다. 소유와 쾌락, 집착으로 이어지지 않기 때문이다. 그의 목표는 오직 하나, 자신이 사랑하는 여성들의 삶을 완성시켜 주는 것. 그래서 그와 만나는 순간 여성들의 미와 개성은 봄날 꽃들처럼 만개한다. 용기와 결단력, 카리스마와 의리, 시적 상상력과 영적 지향 등등. 물론 가보옥을 둘러싼 삼각관계가 있긴 하다. 설보차와 임대옥이 그렇다. 하지만 이들의 삼각관계 역시 우리가 아는 것과는 사뭇 다르다. 두 여성은 서로의 개성과 미덕을 깊이 존중한다. 가보옥 역시 임대옥을 사무치게 사랑하지만 그것이 다른 가치들을 망각하는 방향으로 나아가지 않는다. 그러나 이 여성성의 세계는 위태롭다. 그걸 둘러싼 남성적 질서의 강고함 때문이다. 그 세계는 부와 권력, 폭력과 지배가 주도한다. 그것은 청춘을, 여성을, 생명을 잠식하는 기제들이다. 우리는 지금 그걸 생생하게 목격하는 중이다. 우리들은 오랫동안 크고 빠르고 강한 것들을 신봉해 왔다. 하지만 그것들은 우리를 지켜주지 못한다. 왜인 줄 아는가? 자신을 지키는 데 더 급급하기 때문이다. 그것은 금지하고 억압하는 데는 탁월한 역량을 발휘하지만, 창조하고 살리는 데는 턱없이 무력하다. 그래서 근본적으로 '반(反)생명적'이다.

하늘 아래 영원한 것은 없다. 집안의 기둥이자 정신적 지주였던 가모(할머니)의 죽음과 더불어 이 거대 가문은 참담하게 몰락해 간다. 또 그와 더불어 열두 명의 여인들 역시 하나씩 스러져 간다. 늑대 같은 남편의 시달림으로, 강도에게 납치되어, 치명적인 병과 원하지 않는 결혼으로. 마침내 가보옥의 연인 임대옥마저 피를 토하며 죽어 버리자, 대관원의 봄은 속절없이 끝나고 말았다. 가보옥은 죽음보다 무거운 침묵 속에서 과거를 준비하여 아버지의 꿈을 이루어 준다. 결국 입신양명의 길을 가기로 한 것인가? 아니다! 자식으로서의 의무를 다한 이후 그는 돌연 과거시험장에서 사라진다. 훗날 한 나루터에서 아버지와 마주쳤으나 먼발치에서 작별인사를 드린 후 한 노스님과 함께 눈 덮인 광야를 향해 걸어가는 것이 이 소설의 결말이다. 대체 그는 어디로 간 것일까? 또 거기에는 어떤 삶이 기다리고 있을까?

이 소설의 또 다른 제목은 '정승록'(情僧錄)이다. 정이 지극하면 깨달음이 된다는 뜻. 그렇다면 우리들의 이 깊은 슬픔과 분노도 그렇게 될 수 있을까? 가보옥이 그랬듯이 우리 또한 전혀 다른 길로 나아갈 수 있을까? 분명한 건 그것만이 저 진도 앞바다에서 무참하게 스러져 간 청춘들에 대한 진정한 애도라는 사실이다. 하지만 점점 두려워진다. 다시 2014년 4월 16일, 그 이전처럼 살아가게 될까 봐. 서로 모른 척하면서 탐욕과 무능, 소외와 무지의 세상을 그냥 수락하게 될까 봐.

아포리즘의 퍼레이드

정민 엮음, 『한서 이불과 논어 병풍』

한서 이불과 논어 병풍이란? 뭔가 심오한 뜻이 담긴 레토릭처럼 보이지만, 사실은 그렇지 않다. 추운 겨울날 띠집에 몰아치는 추위를 이기기 위해 한 선비가 『한서』를 이불로 덮고, 『논어』를 세워서 바람을 막는다. 책의 용법치고는 좀 황당하긴 하나 말 그대로 이불이고, 병풍인 것이다. 이 은유아닌 은유 속에서 궁핍한 삶을 견뎌 내는 유머를 읽어야 할지 아니면 책밖에는 가진 게 없는 서생의 쓰디쓴 현실에 대한 반어를 읽어야 할지는 모르겠으되, 어쨌든 자신을 간서치(看書癡), 곧 '책만 읽는 바보'라고 불렀던 이덕무(李德懋 1741~1793)의 '청언소품집'(淸言小品集) 제목으로는 참 어울리는 구절임에 틀림없다.

　소품(小品)이란 18세기에 일군의 전위적 지식인들이 선도한 아포리즘적 글쓰기이다. 고문이 지닌 형식화된 패턴과 규범주의를 거부하면서 '촌철살인, 단도직입'을 통해 사유의 경계를 자유자재로 넘나드는 것을 특징으로 한다. 문체와 국가장치의 한판 승부처였던 '문체반정'의 진원지 역시 소품체이다. 서얼 출신이면서 연암그룹의 주요멤버였던 이덕무는 특히 아포리즘의 명수다. 『선귤당농소』(蟬橘堂濃笑)와 『이목구심서』(耳目口心書)에 펼쳐진 그의 소품들은 감동과 찬탄을 불러일으키는 '청언'(淸言)들로 넘쳐난다. 예를 하나 들면, "말똥구리는 스스로 말똥을 아껴 여룡(驪龍)의 여의주를 부러워하지 않는다. 여룡 또한 여의주를 가지고 스스로 뽐내고 교만하여 저 말똥을 비웃지 않는다."(정민 엮음, 『한서 이불과 논어 병풍』, 열림원, 2000, 31쪽) 연암의 글에 재인용되면서 널리 알려진 이 구절에는 어떤 절대적 척도도 거부하고 다양한 이질적 가치를 긍정하는 사유가 간결하게 압축되어 있다.

　내친김에 하나 더. "만약 한 사람의 벗을 얻게 된다면 나는 마땅히 10년간 뽕나무를 심고, 1년간 누에를 쳐서 손수 오색실로 물을 들이리라. 열흘에 한 빛깔씩 물들인다면,

50일 만에 다섯 가지 빛깔을 이루게 될 것이다. 이를 따뜻한 봄볕에 쬐어 말린 뒤, 어린 아내를 시켜 백 번 단련한 금침을 가지고서 내 친구의 얼굴을 수놓게 하여, 귀한 비단으로 장식하고 고옥(古玉)으로 축을 만들어 아마득히 높은 산과 양양히 흘러가는 강물, 그 사이에다 이를 펼쳐놓고 서로 마주보며 말없이 있다가, 날이 뉘엿해지면 품에 안고서 돌아오리라."(『한서 이불과 논어 병풍』, 46쪽) 이보다 더 아름답고 가슴 뻐근한 우정론을 본 적이 있는가? 강렬한 자극, 깊은 울림을 지닌 아포리즘을 맛보고 싶은 이들은 이덕무의 글을 보시라. 시공을 가로질러 이덕무와 '찐'하게 대화하고 있는 엮은이의 애정에 공명하게 될 터이니.

인간적인, 너무나 인간적인

미우라 구니오, 『인간 주자』

마르크스는 마르크스주의자일까? 아닐까? 아마도 가장 정확한 대답은 '그렇기도 하고 아니기도 하다'일 것이다. 긍정의 경우는 마르크스주의가 혁명적인 에너지를 발산하는 상황을, 부정의 경우는 마르크스주의가 교조적 담론으로 기능하는 상황을 상정한 것일 터이다. 이런 식의 질문방식은 좀 유치한 수준이긴 하나, 어떤 전복적 사유도 시공간적 배치에 따라 의미가 달라질 뿐 아니라, 자신에 '반하는' 의미까지도 생성할 수 있다는 사실을 단순명료하게 환기시켜준다는 점에서 나름의 미덕은 있다.

비슷한 맥락에서, 주자(朱子)는 주자주의자일까? 아닐

까? 중세의 텍스트를 다루는 이들에게 주자는 언제나 넘어서야 할, 탈주자주의의 맥락에서만 그 얼굴을 드러내는 존재다. 그래서 그는 항상 저 드높은 초월적 위치에서 천리(天理)를 설파하는 근엄한 표정으로서만 각인되어 있다. 『인간 주자』(미우라 구니오, 이승연·김영식 옮김, 창비, 1996)는 부드럽고 차분한 어조로 그런 편견의 기반들을 하나씩 격파해 나간다. 여기에는 왕성한 지적 호기심으로 '우주의 이치'를 깨닫기 위해 부단히 정진하는 한 지식인의 일생이 펼쳐진다. 예상 밖으로(?) 주자는 성격적 결함이 많았다. 깐깐한 스승이면서도 제자들과 함께 술 마시며 와자하게 떠드는 것을 즐겼고, 터무니없는 고집으로 사람들을 피곤하게 하기도 하고, 주변 사람들에게 자신의 병을 시시콜콜히 드러내는 투정도 심심치 않게 부린다. 주자는 정말 인간적인(?) 사람이었던 것이다.

특히 감동적인 것은 주자학이 구성되기까지의 역동적 생산방식이다. 선불교에 깊이 침잠했으나 과감하게 그로부터 몸을 돌리고 북송 도학의 계보를 집대성하면서 유학의 거대한 체계화를 시도하는 과정도 그렇거니와, 무엇보다 그는 '혼자'가 아니었다. 숱한 지적 고수(!)들과의 만남, 1천 명에 달하는 제자들과의 공동생활, 논적 육상산(陸象山)과의 치열한 논쟁 등 주자학은 하나의 거대한 지적 운동 속에서 생성되었던 것이다.

과거를 위한 학문을 그토록 조롱하고, 만년에 '위학(僞學)의 금(禁)'에 몰려 혹독한 탄압을 받았던 자신의 학문이 뒷날 과거시험의 교과서가 되고, 국가학이 되어 다른 종류의 학문들을 모조리 이단으로 낙인찍는 도그마가 되리라는 것을 주자는 아마 상상하지 못했을 것이다. 마르크스가 자신의 사유가 사회주의 국가학이 되어 '감시와 처벌의 도구'가 되리라는 것을 상상하지 못했듯이. 그런 점에서 주자 역시 주자주의자이기도 하고, 아니기도 한 셈이다.

경계를 넘나드는 '야생의 철학'

이탁오, 『분서』

'분서'(焚書)는 '태워 버려야 할 책'이라는 뜻이다. 대체 자신의 책을 이렇게 이름 짓는 이의 심정은 어떤 것일까? 저자 이탁오(李卓吾). 명말의 사상가로, 10대 이후 경서를 탐구하다가 54세에 관직을 버리고 가족을 떠나 불도에 입문, 이후 20여 년 동안 구도의 길을 걷다 76세에 '잘못된 도로 사람들을 현혹시킨다'는 이유로 감옥에 갇혀, 그곳에서 스스로 목을 찔러 생을 마쳤다. 흔히 양명좌파로 분류되지만, 유학과 양명학, 불학을 넘나들며 그 어디에도 정주하지 않은 야생적 사고의 소유자. 사실 그는 살아생전에는 말할 것도 없고, 이후 그의 사상적 계승자로 간주되는 명말청초의 사상가들로부터도 이단으로 지목받을 만큼 '돌연한 외부자' 혹은 '급진적 소수자'였다.

"나이 오십 전까지는 나는 정말 한 마리 개와 같았다. 앞의 개가 그림자를 보고 짖어 대자 따라서 짖어 대는" ──유학의 지반을 탈주하여 새로운 앎의 세계로 나아갈 때의 변이다. 오십에 이토록 치열하게 다시 시작할 수 있다니! 그에 비하면, 우리 시대 학자들은 너무나 빨리, 너무나 쉽게 안주해 버리는 '조로증'에 걸려 있는 건 아닐까. 이탁오의 눈으로 본다면, 40대면 이미 지식에 대한 갈망을 포기한 채 자신을 지키기에 바쁘고, 50대면 어깨에 잔뜩 힘이 들어간 원로가 되거나, 아니면 새로운 모색을 억압하기에 급급한 꼰대적 기성세대가 되어 버리는 우리 인문학의 '조로증'은 얼마나 그로테스크할 것인가. 지식이란 피로하고 노쇠한 고행의 산물이라는 통념에 사로잡힌 이들은 『분서』를 읽으시라. 지식이란 본래 목마른 자가 마시는 한 모금의 물, 굶주린 뒤에 먹는 밥 한 술처럼 '꿀맛' 같은 것임을 체험하게 될 터이니.

『분서』에는 체계적 이론, 정립된 테제가 없다. 수많은 아포리즘들이 충돌하면서 기성의 언어와 문자의 범주들, 고정된 체계와 질서를 뒤흔드는 아찔한 미끄러짐만이 존재한다. 이것이야말로 『분서』가 던져 주는 진정한 당혹스러움이자 경이로움이다. 그래서 『분서』에는 수많은 텍스트, 무수한 인물들이 교차한다. 주자학적 초월론을 전복하면서 우정의 철학을 갈파할 때면 스피노자의 '코뮨주의'가, 성(聖)과 속(俗)의 경계를 넘나들며 '무아'(無我)의 자유를 말할 때는 『유마경』(維摩經)이, 참을 수 없는 욕망의 능동적 생성을 긍정할 때는 들뢰즈·가타리가 오버랩된다. 또는 비수 같은 풍자, 스릴 넘치는 비약으로 가득한 잡문의 형식을 음미하다 보면, 문득 이런 황당한 상상을 해보기도 한다. 혹 "루쉰(魯迅)이 전생에 이탁오였던 게 아닐까?"라고.

火

*⁎
*

여름은 화(火)다. 화는 빛과 불, 에너지, 남쪽 등을 의미한다. 태양이 가장 밝게, 그리고 뜨겁게 빛나는 곳이 남방임을 떠올리면 된다. 불과 빛은 위로 솟구치면서 동시에 사방으로 퍼지는 기운이다. 봄이 생명의 출발이라면 여름은 생명의 펼쳐짐이다. 봄에는 땅을 뚫고 나오는 것이 핵심이라면, 여름에는 모든 잠재력을 다 발휘하여 무성해져야 한다. 그러기 위해선 에너지를 최대한 끌어올려야 한다. 오장육부에선 심장/소장이 그런 역할을 담당한다.

인생으로 치면 장년기에 해당한다. 30~40대가 대략 거기에 속한다. 무성해지려면 내적 열정이 뿜어져 나와야 한다. 하지만 그 열정은 자칫 방향을 잃어버릴 수 있다. 불이 지나치면 모든 것을 태워버리고, 빛이 지나치면 눈을 멀게 하는 것과 같은 이치다. 그래서 비전이 필요하다. 타오르는 열정에 리듬과 방향을 제시할 수 있는! 그것이 곧 자유다! 자유는 흔히 생각하듯 방임이 아니다. 오히려 치열하고 치밀한 프로젝트다. 외적 억압과 내적 충동에서 벗어나기 위한 고도의 전략전술! 고로, 열정과 자유는 함께 가야 한다. 자유 없는 열정은 맹목으로, 열정 없는 자유는 몽상과 우울로 치달을 수밖에 없다.

여름의 고전은 양이 많다. 게다가 세 편의 글쓰기가 '커플링'을 이루고 있다. 의도치 않게 여름의 무성함에 상응하게 되었다. 『걸리버 여행기』 & 『산해경』에서는 미지의 세계를 향한 호기심과 야망을, 『장자』 & 『그리스인 조르바』에선 자유를 향한 고투와 비상을 강렬하게 맛보게 될 것이다. 『주자어류선집』 & 『전습록』에서는 '성인'이라는 드높은 경지를 향해 나아가는 '지적 파토스'를 체험하게 될 것이다. 아울러 『일리아스』, 사드, 푸코 등에서도 거침없는 질주와 상상력의 해방을 맛보게 될 것이다.

현대인의 삶은 롤러코스터를 타는 경우가 태반이다. 과도하게 핫하거나 지나치게 침울하거나. 몸 안의 불과 빛을 조율하지 못한 탓이다. 여름의 고전을 통해 심장/소장의 화기(火氣)를 다스리는 능력을 터득하기를! 열정과 자유의 멋진 하모니를 만들어 내기를!

헤테로토피아를 향하여!

『걸리버 여행기』&『산해경』

『걸리버 여행기』(조너선 스위프트, 박용수 옮김, 문예출판사, 2008)와 『산해경』(정재서 역주, 민음사, 1996). 제목을 듣는 순간, '이상하고 괴상한 도깨비 나라~'라는 동요가 떠올랐을지도 모르겠다. 맞다. 두 작품에는 아주 '괴상한 장소, 기이한 존재'들이 출현한다.

그렇기는 해도 『걸리버 여행기』와 『산해경』은 질적으로 판이한 고전이다. 전자가 18세기 영국에서 발간된 것이고 후자가 요순시대의 산물이라는, 시공간적 격차만을 말하는 건 아니다. 전자가 판타지적 상상력에 풍자와 아이러니가 넘치는 작품이라면, 후자는 고대 중국의 지리와 풍속,

의학과 정치 등을 망라한 인류학적 보고서다. 신화적 표현이 많지만 그렇다고 판타지물은 아니다. 그들은 '본 대로, 들은 대로' 썼을 뿐이다. 다만 그 언어들이 지금 우리에게 '판타스틱하게' 보일 뿐이다. 영화 〈인터스텔라〉에 재현된 웜홀, 블랙홀 등이 그런 것처럼.

우연히 두 고전을 같이 읽게 되었다. 『걸리버 여행기』를 읽다가 『산해경』이 떠올랐거나, 아니면 그 반대거나 둘 중의 하나일 것이다. 그러다 문득 이런 질문이 샘솟았다. 저 아득한 고대부터 18세기, 아니 이 21세기에 이르기까지 인간은 왜 이렇게 낯설고 기이한 장소들을 찾아 헤매는 것일까? '산전수전'에 '볼꼴 못 볼꼴' 다 겪으면서 말이다. 도대체 왜?

먼저 『걸리버 여행기』에는 그 유명한 소인국, 거인국을 비롯하여 라퓨타, 럭나그 등 온갖 희한한 나라들이 다 등장한다. '고급관리가 되려면 줄타기나 막대기 곡예를 능숙하게 해야 한다.' '당파가 나누어진 건 구두굽이 높은가 낮은가 때문이고, 36개월째 계속된 이웃 제국과의 전쟁은 계란을 두꺼운 쪽으로 깨는가 얇은 쪽으로 깨는가'로 의견이 갈라져서다. '반정부 세력을 색출하려면 대변의 색깔, 맛 등을 잘 조사하면 된다.' 기타 등등. 정치가들이 얼마나 소인배인지, 권력이 얼마나 허망한지를 신랄하게 씹고 있다.

'천공의 섬, 라퓨타'에선 사람들 꼴이 한쪽 눈은 푹! 들어가 있고 한쪽 눈은 위를 향하고 있다. 또 옆에서 누가 막대기로 쳐 주지 않으면 대화가 불가능하다. 사색을 하느라 외부와의 통로가 사라진 탓이다. 마치 스마트폰에 중독된 현대인들을 보는 듯하다.

한편, '럭나그'라는 곳에선 영생자들을 만난다. 영생이 가능하다니! 하는 흥분도 잠시, 곧 그 끔찍한 참상이 드러난다. 영생자들은 80세 이후면 모든 법적 권리가 박탈될뿐더러 감각과 기억의 상실로 살아도 산 게 아니다. 해서 죽는 자들을 보면 참을 수 없는 질투심에 휩싸이곤 한다. 왜 자기들은 영원한 안식처로 돌아갈 수 없느냐면서. "그들은 내가 지금까지 본 인간들 중에서 가장 흉해 보였다." 그래서 저렇게 살 바엔 차라리 "불구덩이 속에 들어가서라도 죽음을 맞이하는 게 낫다"(조너선 스위프트, 『걸리버 여행기』, 273쪽)는 게 걸리버의 결론이다.

마지막 장은 고귀한 덕성을 소유한 말[馬]들이 통치하는 '흐이늠의 나라'다. 거기서 인간의 원형인 '야후'를 만난다. 야후는 탐욕과 음탕함, 폭력과 집착 등 모든 악덕의 화신이다. 걸리버는 문명국의 야후는 그렇지 않다고 맞서 보지만 말들과의 긴 토론 끝에 문명국의 야후들 역시 원시적 야후와 다르지 않음을 인정하게 된다. 이런 식으로 정치권력에서 시작하여 문명과 기술, 인간 본성에 대한 조롱과 야유가 쉬지 않고 이어진다. 이쯤 되면 왜 걸리버가 그 괴상한 나라들로 갔는지 짐작할 만하다. 판타지를 통해 통념을 전복하기 위해서다.

『산해경』의 세계도 만만치 않다. 소인국, 거인국을 비롯하여 심목국(눈이 푹 들어간 사람들이 사는 나라), 관흉국(가슴에 구멍이 뚫린 사람들이 사는 나라) 등 온갖 해괴망측한 나라들이 다 등장한다. 걸리버의 모험이 인간과 동물의 경계를 넘지 못한다면, 『산해경』은 파충류와 포유류, 어류 등이 제멋대로 뒤섞인다. 아이러니하게도 그래서 디지털 문명과 꽤 닮았다. 디지털이 인간과 기계, 육체와 정신의 경계를 해체한다면, 신화시대는 존재하는 모든 것들이 혼용되는 '유동성의 바다'다. 새의 머리에 살무사 꼬리를 한 거북이, 물고기의 몸에 새의 날개, 붉은 주둥이를 한 잉어, 사람의 얼굴에 뱀의 몸, 꼬리는 머리 위에 말려져 있다… 등등. 이렇게 기괴하지만 이들은 인간의 삶과 깊이 연동되어 있다. 예컨대, 봉황의 경우, "머리의 무늬는 덕(德)을, 날개는 의(義)를, 등은 예(禮)를, 가슴은 인(仁)을, 배는 신(信)을 나타낸다.

먹고 마심이 자연의 절도에 맞으며, 절로 노래하고 절로 춤추는데 이 새가 나타나면 천하가 평안해진다."(정재서 역주, 『산해경』, 65쪽) 태평천하 혹은 대동세상이 이런 것일 터, 허나 봉황의 시대는 극히 드물다.

하여, 천하는 늘 난세고 혼돈이다. "반쪽은 사람인 물고기가 있는데 이름을 어부(魚婦)라고 한다. 바람이 북쪽으로부터 불어오면 하늘은 샘물을 넘치게 하고 뱀이 물고기로 변하는데 이것이 어부이다. 전욱(顓頊)이 죽었다가 금방 다시 살아난 것이다."(『산해경』, 315쪽) 샘물과 뱀, 물고기와 사람이 서로 넘나들고, 생사가 동시적으로 교차한다.

이 혼돈을 헤쳐 가려면 무엇보다 신체적 변용력이 뛰어나야 한다. "형천(刑天)이 이곳에서 천제(天帝)와 신의 지위를 다투었는데 천제가 그의 머리를 잘라 상양산에 묻자 곧 젖으로 눈을 삼고 배꼽으로 입을 삼아 방패와 도끼를 들고 춤추었다."(같은 책, 237쪽) 헐~ 머리가 없으면 젖이 눈이 되고 배꼽이 입이 된다?! 거기다 전쟁터에서 춤은 또 뭐야? 전투의 또 다른 경지가 춤이란 뜻인가? 참, 갈수록 태산이다.

신들의 왕국도 정신없긴 마찬가지다. 사람의 얼굴에 팔이 없고 두 발이 머리 위에 붙어 있는 신도 있고, 해와 달을 목욕시키는 여신, 심지어 열 개의 해를 낳는 여신도 있다. 그런가 하면 시간을 낳는 존재도 있다. "공공(共工)이 후토(后土)를 낳고 후토가 열명(噎鳴, 시간의 신)을 낳고 열명이 일 년 열두 달을 낳았다."(같은 책, 337쪽) 시간을 낳는다는 표현이 기가 막히다. 하긴 그렇다. 시간이 존재한다면 분명 그 시간도 어디로부터 유래하지 않았을까? 그것을 누군가 낳는다는 것으로 표현한 것이리라. 그래서 뭐가 어떻게 됐는데? 거기서 끝! 거룩할 것도 신기할 것도 없다는 태도다.

중요한 건 이제 이 '거대한 혼돈' 속에서 정신줄 놓지 않고 살아가는 일뿐이다. "큰물이 져 하늘에까지 넘쳐흐르자 곤(鯀)이 천제의 저절로 불어나는 흙을 훔쳐다 큰물을 막았는데 천제의 명령을 기다리지 않았다. 천제가 축융에게 명하여 우산의 들에서 곤을 죽이게 했는데 곤의 배에서 우(禹)가 생겨났다."(같은 책, 338쪽) 이 사람이 바로 물길을 사방으로 터서 홍수를 막았다는 치수의 달인 우임금이다. 『산해경』의 저자를 우임금이라고 추측하는 것도 그 때문이다. 우임금이 신하 백익(伯益)과 함께 천하를 "안으로는 동서남북과 중앙의 다섯 방면의 산을 나누고 밖으로는 여덟 방면의 바다를 구분하여"(같은 책, 29쪽) 각 곳의 보물과 동물, 상서로운 조짐, 특이한 사람들을 기록했다는 것이다.

『산해경』을 판타지물로 볼 수 없는 이유다.

　　그럼에도『산해경』은 우리의 감성과 인식의 지평을 훌쩍 뛰어넘는다. 그에 대한 주석가 곽박(郭璞, 276~324; 동진 시대의 문인)의 답변은 이렇다. "우주는 광활하고 뭇생명체는 도처에 산재해 있으며 음양의 기운이 왕성히 일어나"면, 그 변화무쌍함은 가히 측량할 길이 없다. 하긴 그렇다. 우리가 지금 탐사로봇들이 보내는 은하계의 현상을 볼 때 이렇지 않은가? 우주는 자신을 '있는 그대로' 보여 주지만 우리의 감각과 언어는 그것을 감당해 내지 못한다. 그래서 우주는 늘 경이롭고 또 기괴하다. 하여, "사물은 그 자체가 이상한 것이 아니고 나의 생각을 거쳐서야 이상해지는 것이기에 이상함은 결국 나에게 있는 것이지 사물이 이상한 것은 아"니다(『산해경』, 33쪽). 요컨대,『산해경』이 이상한 게 아니고, 그걸 이상하다고 보는 '나의 생각'이 이상하다는 것. 그럼 어떻게 해야 하는가? 간단하다. 생각의 방법과 회로를 바꾸면 된다!

　　자, 다시 앞의 질문으로 돌아가자. 인간은 왜 끊임없이 낯설고 이질적인 장소들을 찾아 헤매는가? 유토피아를 찾아서? 아니다. 어차피 이 울퉁불퉁한 우주에 유토피아 따위는 없다! 그렇다면? 온몸으로 타자와 마주치기 위해서다.

더 나아가 스스로 '타자'가 되기 위해서다. 쉼 없이 다른 존재로 거듭나지 않으면 생명은 위태롭다. 아니, 그것은 생명이라 하기 어렵다. 그래서 떠나야 한다. '이상하고 괴상한 도깨비 나라'로. 그것이 푸코가 말한 '헤테로토피아'다. 유토피아가 동일성이 완벽하게 구현된 이상세계라면, 헤테로토피아는 서로 다른 가치와 척도가 제멋대로 난무하는 '이질성의 공간'이다. 헤테로토피아를 향한 갈망, 그것이 걸리버로 하여금 계속 항해를 하게 하고 아득한 옛날 천하의 곳곳을 탐색하게 한 동력이었으리라.

바야흐로 글로벌 여행의 시대다. 모든 사람들이 국경을 넘는 건 물론, 조만간 우주여행까지 감행할 태세다. 말하자면, 헤테로토피아적 본능이 문명 전체를 주도하는 시대가 된 것이다. 대체 무슨 일이 벌어질 것인가? 과연 그 과정에서 『걸리버 여행기』와 『산해경』의 21세기적 버전이 탄생될 수 있을까? 궁금하고 또 기대된다.

인간은 자유다!

『장자』 & 『그리스인 조르바』

#1. 북쪽 깊은 바다에 물고기 한 마리가 살았습니다. 이름을 곤(鯤)이라 합니다. 그 크기가 몇 천 리나 되는지 알수가 없습니다. 곤은 변하여 새가 됩니다. 이름을 붕(鵬)이라 합니다. 그 등 길이도 몇 천 리나 되는지 알 수가 없습니다. 힘차게 날아올라 날개를 펴면 하늘을 뒤덮은 구름 같았습니다. 붕은 바다가 크게 출렁이면 남쪽 검푸른 바다로 날아가기 시작합니다. 그곳이 바로 천지입니다.(이희경 풀어 읽음, 「대붕의 비상」, 『낭송 장자』, 북드라망, 2014, 235쪽)

#2. 어느 날 장자는 꿈을 꾸었습니다. 꿈속에서 훨훨 날아다니는 나비였습니다. 마음 내키는 대로 날아다니다 보니 자기가 장자라는 것도 몰랐습니다. 퍼뜩 깨어 보니 놀랍게도 다시 장자였습니다. 장자가 꿈을 꾸어 나비가 되었는지, 나비가 꿈을 꾸어 장자가 되었는지 모르겠습니다. 하지만 장자와 나비는 반드시 구별이 있습니다. 이것을 일러, '만물의 변화'라 합니다.(「장자의 꿈, 나비의 꿈」, 앞의 책, 173쪽)

『장자』라고 하면 가장 먼저 위의 두 대목이 떠오를 것이다. 몸집이 수천 리가 되는 물고기 곤. 날개가 하늘을 뒤덮는 새 붕. 그 상상의 스케일에 압도되면서도 가슴이 뻥 뚫리는 해방감이 밀려온다. 그런가 하면 나비의 꿈은 또 얼마나 판타스틱한가. 나비와 장자, 꿈과 현실을 가뿐히 넘나드는 그 현란한 워킹에 눈앞이 아찔할 지경이다.

그래서인가. 『장자』는 초월적이고 몽환적이라는 인식이 널리 퍼져 있다. 피세와 은둔의 이미지 또한 그런 통념의 산물이다. 하지만 그것은 『장자』에 대한 명백한 오독이다. 만약 『장자』가 그런 유의 '유체이탈적' 몽상의 산물이라면 지금까지 전승되지도 않았을뿐더러 이 첨단 디지털 시대에

군이『장자』를 읽어야 할 이유도 없다. 몽상(혹은 망상)의 이미지들이야 우리 주변에도 차고 넘치지 않는가. 광고와 게임, 드라마와 뮤직 비디오 등등. 시공을 뛰어넘어 고전을 읽는 이유는 딱 두 가지다──유용성과 비전. 먼저, 고전은 존재와 세계에 대한 '생생한' 지혜다. 하여, 일상의 현장에서 구체적으로 활용되어야 한다. 또 하나, 생로병사를 관통하는 우주적 이치가 담겨 있어야 한다. 인간의 유한성을 벗어나기 위해서다. 그러므로『장자』를 초월과 피세의 사상으로 해석하는 것은『장자』의 고전적 가치 자체를 부인하는 것이나 다름없다.

거꾸로『장자』의 메시지는 '지금, 여기'의 삶을 능동적으로 이끌어 가는 '삶의 기예'다. 그것을 일러 양생술이라 한다. 장자가 보기에 세상은 카오스다. 이 우주엔 코스모스 같은 건 애시당초 없다. 게다가 장자가 살아가는 당시는 난세였다. 전쟁의 회오리가 휩쓸고 권력투쟁이 난무하던 때다. 이럴 때 생을 보존하기 위해선 어떻게 해야 하는가? 일단 이 괴롭고 더러운 삶을 '있는 그대로' 받아들여야 한다. 요즘도 종종 말하지 않는가? 피할 수 없다면 즐겨라! 헌데, 그리기 위해선 세상의 온갖 척도──선악, 시비, 미추, 호오 등──로부터 벗어나야 한다. 그 척도에 종속되는 순간 삶은 위태로워진다. 왜? 그 가치에 휘둘려 몸을 함부로 내돌리고 원한과 자책에 시달리다 결국에는 비명횡사하고 말 테니까. 그거야말로 개죽음이 아닌가. "지금 세상에선 생을 보전하기만 해도 다행./ 복은 깃털보다 가벼운데/ 잡는 사람이 드물고/ 화는 땅보다 무거운데/ 피하는 사람이 없구나."(「미치광이 접여의 노래」, 『낭송 장자』, 75쪽)

그래서 비우고 버려야 한다. 그러니까 장자에게 비움과 버림은 무슨 거창한 개념이 아니라, 난세를 헤쳐 가기 위한 최선의 전략이다. 그럼 그것이 어떻게 우주적 비전이 되는가? 비움과 버림이야말로 자연의 운행원리다. 자연은 쉬임 없이 움직인다. 낳고 기르고 무성해지고 떨어지고. 혹은 태어나고 성장하고 늙고 병들고 죽고. 고로 생성과 소멸은 둘이 아니다. 그런 이치의 윤리적 변용이 곧 비움과 버림이다.

비우고 버려야 비로소 '변화의 묘리'를 터득할 수 있다. 곤과 붕의 이야기에서도 핵심은 변화다. 물고기가 새가 되고 천지가 곧 하늘이 된다. 나비의 꿈도 마찬가지다. 장자가 나비가 되고 나비가 장자가 되는 만물의 변화! 이 변화의 묘리를 터득하는 것이 양생의 핵심이다. 이 묘리 역시 구체적이고 실용적이다.

『장자』는 '내편', '외편', '잡편'으로 구성되어 있다. 이것이 모두 장자의 목소리냐 아니냐를 둘러싸고 논란이 그치지 않는다. 그만큼 『장자』는 "이질적인 것들이 공존하는 다성적 텍스트"(이희경, 「『장자』는 어떤 책인가」, 『낭송 장자』, 14쪽)다. 이 중에서도 특히 문제적인 장면은 '잡편'에 나오는 장애인들이다. 형벌로 한쪽 발이 잘린 절름발이들, 꼽추에 언청이, 추남 중의 추남 등등. 곤과 붕, 나비 등의 이미지와는 달라도 너무 다른 캐릭터다.

이들은 마이너 혹은 약자일 뿐 아니라 신체 자체가 세상의 척도에서 한참이나 벗어나 있다. 그럼에도 이들은 모두 자신의 삶을 걸어간다. 담백하게 당당하게! 여기가 바로 『장자』의 변용력이 빛나는 대목이다. 초월적이고 신비로운 『장자』의 이미지를 여지없이 깨부수는 대목이기도 하다. 예컨대, 꼽추 '애태타'의 경우, 추하기 짝이 없는 몰골이지만 그와 함께 있어 본 남자들은 그의 매력에 사로잡혀 그의 곁을 떠나지 못한다. 또 그를 한번 본 여자들은 앞다투어 "다른 사람의 아내가 되느니 차라리 그분의 첩이 되겠어요"라고 부모께 청한다. 이유는 간단하다. "타고난 바탕이 잘 보존되어 있"기 때문이다. 그런 사람은 어떻게 살아가는가? "아무런 말을 하지 않아도 신임을 받고, 아무런 공을 세우지 않아도 사랑을 받으며, 심지어 왕이 자기 나라를 맡기면서 오히려 그가 받지 못할까 애태우게" 한다. 대체 왜? "삶과 죽음, 지킴과 잃음, 부귀와 빈곤, 현명함과 어리석음, 칭찬과 비방, 목마름과 배고픔, 더위와 추위" 등 온갖 세속적 기준에 따라 마음이 어지러워지지 않기 때문이다.

수없는 변화들이 원래 하나라는 것에 통달하면 마음의 기쁨을 잃어버리지 않습니다. 시시각각의 변화에 완벽히 응하게 되면 만물과 함께 늘 새로 탄생합니다. 이렇게 되면 만물을 만나는 모든 순간이 매번 꽃피는 순간입니다.(「세상에서 가장 매력적인 남자, 꼽추 애태타」, 앞의 책, 126쪽)

요컨대, 외물에 미혹되지 않고 인연조건에 따라 늘 다른 존재가 되는 것, 그것이 양생술의 핵심이다. 이런 기예를 터득한다면 어떤 운명이든 기꺼이 받아들일 수 있다. 운명을 사랑하는 삶의 기예, 그것이 곧 자유의 핵심이다.

한편, 시야를 20세기 초 그리스로 옮겨 보자. 여기 두 사내가 있다. 하나는 65세의 떠돌이 백수, 다른 하나는 35세의 인텔리 좌파 부르주아다. 전자의 이름은 조르바. 젊어서부터 온갖 전쟁터를 누빈 백전노장이다. 후자는 '단테와

말라르메'를 읽고, 불경을 필사하면서 존재의 심연을 탐사하는 '책벌레'다. 조르바는 그를 '두목'이라 부른다. 이 둘이 '크로스되면' 무슨 일이 벌어질까? 잘 모르겠지만 일단 흥미롭긴 하다. 기질이며 지성, 계급의 차이도 그렇지만 무엇보다 30년의 세대차가 어떤 '케미'를 연출할지 기대된다.

통념적으로 보자면, 조르바는 노장세대를, 두목은 청년세대를 대변할 것 같은데, 실제로는 조르바가 훨씬 '래디컬'(급진적)하다. 그는 어떤 이념도 이상도 믿지 않는다. 조국, 신, 혁명 따위는 한갓 망상에 불과하다. 궁극적으로 사람들을 얽어매고 노예화한다는 점에서. 그가 이런 원리를 깨달은 건 학교나 책이 아니라 생로병사의 현장이다. 젊은 날 발칸전쟁이 일어났을 때 조국 그리스를 위해 총을 들었다. 죽이고 훔치고 강간하고… 온갖 짓을 다 해봤다. 그러던 어느 날 한 사내의 멱을 땄는데, 그 다음 날 장터에서 구걸하는 아이들과 마주친다. 바로 자신이 죽인 사내의 아이들이었다. 그 순간 강력한 채찍이 그의 영혼을 후려갈겼다. 그 자리에서 아이들에게 모든 걸 다 털어 주고는 있는 힘을 다해 도주하기 시작했다. 조국과 돈, 신으로부터, 그 밖에 또 다른 이상과 열정으로부터. 반면, 젊은 '두목'은 아직 이상에 대한 미련을 버리지 못했다. 현재 그가 붙들고 있는 건

붓다와 공동체다. 내면 깊숙한 곳으로부터 붓다의 소리를 듣고 그 경지에 도달하고자 치열하게 정진한다. 또 그는 여전히 믿고 있다. 10대부터 꿈꿔 온 '예술과 노동'이 공존하는 커뮤니티가 가능하다는 것을.

둘은 크레타로 가는 길에서 만났다. 갈탄광 사업을 하기 위해서다. 광산에선 두목은 자본가고, 조르바는 노동자다. 하지만 일이 끝나고 밤이 오면 관계는 180도 전환한다. 조르바는 노련한 멘토고, 두목은 철부지 학인이 된다. 조르바의 가르침은 '대략난감'이다. 그에 따르면, 이성이란 '물레방앗간 집 마누라 궁둥짝'이고, 결혼이란 '개골창에 대가리를 집어넣은 것'이며, '하느님과 악마는 하나다' 등등. 게다가 그는 에로스의 달인이다. 그는 천하를 떠돌지만 묵을 곳을 걱정하지 않는다. 왜? 어느 마을이든 과부가 있으니까. 그렇다고 그가 싸구려 난봉꾼인 건 아니다. 그의 사랑은 진짜다! 그의 손길이 닿으면 과부의 쭈글쭈글한 주름이 펴지면서 생의 가장 빛나던 시절로 돌아간다. 여자가 원하는데도 같이 자 주지 않으면 아무리 선한 일을 많이 했더라도 지옥행은 면할 수 없다는 아주 독특한 박애주의자(?)이기도 하다. 어디 여자뿐이랴. 그는 모든 사물에서 영혼을 발견하는 범신론자다.

어린아이처럼 그는 모든 사물과 생소하게 만난다. 그는 영원히 놀라고, 왜, 어째서 하고 캐묻는다. 만사가 그에게는 기적으로 온다.(니코스 카잔차키스, 『그리스인 조르바』, 이윤기 옮김, 열린책들, 2009, 223쪽)

한마디로 조르바는 두목의 내부에서 떨고 있는 추상적인 관념에 살아 있는 육체를 부여하는 존재다. 쉽게 말해, 조르바에겐 '오직 삶이 있을 뿐!'이다. 반면 두목에겐 삶에 대한 온갖 개념과 이미지로 무성하다. 삶으로부터 한 걸음 떨어져서 이리 재고 저리 재고, 또 이런 이상, 저런 정열에 사로잡힌다. 마치 이념과 가치를 잘 구축하기만 하면 세상만사가 다 해결될 듯이 말이다. 허나, 조르바가 보기에 세상은 카오스다! 아무리 정교한 이치도, 완결된 이상도 이 카오스의 무상한 흐름을 따라잡을 수 없다. 그것은 언제나 '뒷북'이며 '미네르바의 부엉이'고 '뻘짓'이다. 그러니 이 무상성의 파도에 몸을 맡긴 채 그 리듬을 타는 것 말곤 달리 길이 없다. 과연 이 두 개의 포물선은 서로 마주칠 수 있을까?

조르바가 야심차게 기획한 사업이 완전 박살 나자 둘은 깨끗하게 헤어진다. 그리고 5년 뒤, 때는 바야흐로 20세기 초, 두 개의 세계대전이 일어난 시기다. 그 사이에 전 세계의 국경선이 아코디언처럼 늘어났다 줄었다 하는 격변이 휩쓸고 지나갔다. 어느 날 두목의 꿈에 조르바가 나타났다. 그때부터 알 수 없는 열정에 휩싸여 두목은 미친 듯이 글쓰기를 한다. 조르바의 모든 것에 대하여 다 토해 내기 시작한 것이다. 마침내 조르바에 대한 스토리가 완성되는 순간, 조르바의 죽음을 알리는 엽서가 도착한다. 두 개의 포물선, 곧 조르바의 육신과 두목의 정신이 마침내 하나로 교차한 것이다. 육신이 말이 되고 텍스트가 되는 크로스! 그것이 『그리스인 조르바』의 기본 줄거리다. 그럼 조르바가 두목이 된 것인가, 두목이 조르바가 된 것인가? 이런 질문을 던지는 순간, 바로 『장자』의 나비에 대한 비유가 떠올랐다. 장주가 꿈에 나비가 된 것인가? 나비가 꿈에 장주가 된 것인가? 『장자』와 『조르바』를 나란히 함께 읽고 쓰게 된 맥락이 여기에 있다. 조르바가 장자를 부르고, 장자가 또 조르바에 응답한 셈이다.

그러고 보니 『장자』의 언설 구조도 『그리스인 조르바』와 여러모로 닮은 데가 있다. 장자가 조르바라면, 두목은 장자에 나오는 공자를 비롯한 유자들이다. 공자와 안회 등은 명분과 이상에 사로잡혀 있다 ─ 어떻게 인의를 구현하고 왕도정치를 실현할 것인가? 하지만 장자는 말한다. 그런 식의 이념이 세상을 바꾼 적은 없다고. 범죄와 형벌이 넘쳐나는 것이 그 증거다. 그러므로 어떤 명분과 가치도 생명과 자연의 리듬을 따르는 것보다 더 위대할 수는 없다. 이걸 망각하는 순간 번뇌와 불안에 빠져 버린다. 그 순간 한편으로 난폭해지고, 다른 한편으로 쾌락을 좇게 된다. 위태롭고 또 위태롭다!

나는 아무것도 두려워하지 않는다.
나는 아무것도 원하지 않는다.
나는 자유다.

니코스 카잔차키스의 묘비명이다. 조르바에게서 배운것이리라. 아니, 조르바와 그의 경계가 사라졌으니 그런 말조차 무색하다. 두려움과 쾌락으로부터의 해방, 이것이 그가 도달하고자 했던 자유의 경지다. 이것은 결코 수동적 도피나 체념이 아니다. 내 안에 잠자고 있던 '생명'과 '자연'이깨어날 때만이 비로소 가능한 '지복'의 세계다. 발칸전쟁에서 볼셰비키 혁명의 전쟁터를 누비고, 프란체스코 성인과붓다를 동시에 가로지른 카잔차키스의 편력이나 천지만물과 소통하고자 모든 인위적인 가치들과 사상적 전투를 쉬지 않았던 장자의 궤적이 그 증거다.

새해가 밝았다. 허나 아직은 아니다. 진짜 새해가 되려면 입춘 때까지 좀더 기다려야 한다. 하여, 1월은 심연을 탐사하는 충전의 시간이다. '생자필멸'하는 우주의 리듬을 되새기는 정진의 시간이기도 하다. 새해가 되면 많은 이들이 새로운 계획에 부푼다. 대개는 부와 성취에 대한 것이리라. 하지만 새해가 진정 '새로운 시공간'이 되려면 이전과는 다른 길이 열려야 할 터, 이제 도래할 새해에는 조르바와 장자를 길잡이 삼아 '생명과 자유'의 경지에 도전해 보는 것은 어떨까. 물론 그러기 위해선 시공간을 대하는 우리의 태도를 전면적으로 바꾸어야 할 것이다. 아침마다 눈을 뜨면서 나무와 바다와 돌과 새를 보고 '대체 이 신비는 무엇이란 말인가?' 하고 소리치는 조르바처럼. 또 '시시각각의 변화에 응하면서 만물과 함께 늘 다시 탄생하고, 마주칠 때마다 매번 꽃피는 순간이 되는' 장자처럼.

전쟁과 에로스의 기원

호메로스, 『일리아스』

전쟁도 여행일까? 집과 고향, 고국을 떠나야 하고, 낯설고 이질적인 세계와 정면으로 대면해야 하고, 매 순간 생사를 넘나들어야 한다는 걸 생각하면 그렇다고 할 수 있겠다. 여행 중에서도 고난도의 여행, 나아가 유목이라는 생각이 든다. 반면, 늘 타자들을 파괴해야 하고 돌아가기를 열망하고 생사의 긴장으로 분노만 항진시킨다면 이건 최악의 여행, 아니 정주와 고착의 또 다른 버전이 될 것이다. 그렇다면, 결국 전쟁이란 분명 길을 떠나는 것이지만 정주와 유목 사이를 격하게 오가는 여행이라 할 수 있다. 하여, 전쟁은 새로운 문명을 눈부시게 열어젖히기도 했고, 유서 깊고 찬란한 문명을 여지없이 파괴하기도 했다. 한마디로 삶에 엄청난 지각변동이 일어나는 것이다.

하여, 전쟁은 그 자체로 거대한 질문이고 화두다. 인간에 대한, 또 신에 대한! 여기, 전쟁에 대한 가장 오래된 고전이 하나 있다. 『일리아스』(Ilias)가 그것이다. 『오뒷세이아』(Odysseia)와 더불어 서양문명의 시원을 이루는 작품이다. 무려 만여 년 전의 역사이자 신화다. 장르로 따지자면 서사시다.

이렇게 오래된 이야기를 인류가 아직도 음미하고 있다는 사실도 놀랍고, 그때의 인물과 사건, 감정의 파토스가 여전히 생생하다는 사실도 기가 막힌다. 문득 3만 년 전 '브레인혁명'이 일어난 이후 인류에게 근본적인 변화는 없었다는 인류학자들의 이야기가 떠오른다. 그 사이에 엄청난 진화가 일어난 것 같지만 실은 '한 줌'도 안 된다는 것. 이 말은 한편으론 절망이고 한편으론 출구다. 아무리 문명이 발전해 봤자 그게 그거라는 허무를 야기한다면 절망일 테고, 우리의 삶이 수만 년의 시공으로 연결되어 있다는 사유를 일으킨다면 새로운 비전으로 이어질 것이다. 허무와 비전, 둘 중에 무엇을 선택할지는 각자의 몫이다.

막이 열리면 이미 전쟁이 시작된 지 10년째다. 그리

스 연합군이 원정을 오고 수차례 전투를 치르고, 그러다 보니 전쟁터가 곧 야영지면서 일상이 되어 버린 상태다. 일상이 지속되면 감정의 흐름은 뻔하다. 오해와 불신! 적을 앞에 두고도 이건 피할 수 없다. 아니나 다를까. 아테네 연합군의 수장인 아가멤논과 최고의 전사이자 지휘관인 아킬레우스 사이에 균열이 일어났다. 아가멤논은 탐욕을 부렸고 아킬레우스는 빈정이 상했다. 이유는 전리품으로 받은, 아킬레우스의 여인을 아가멤논이 강탈했기 때문이다. 분노한 아킬레우스는 전투에서 빠져 버렸다. 이것이『일리아스』의 서막이다. 젠장! 이걸 뭐 어떻게 이해해야 하지? 근육질에 복근에, 멋진 투구와 창으로 그려지는 전쟁의 영웅들이 고작 전리품 하나 때문에 이전투구를 벌이다니. 이게 영웅이고 리더인가? 라는 배신감에 젖는다.

헌데, 그 전리품이 여인이다. 고작 여인 하나 때문에? 이렇게 생각하는 순간 참 심사가 복잡해진다. 여인에 대한 집착이 질투와 분노를 낳고 적대를 낳고 무지를 낳는다. 헌데, 그래서 최고의 전투력을 가진 장군이 전쟁을 방기한다? 이게 용서가 되나? 그뿐이 아니다. 트로이전쟁 자체가 한 여인으로 인해 벌어졌다. 스파르타의 왕 메넬라오스의 아내 헬레네를 트로이의 파리스라는 인물이 훔쳐 간 탓이다.

한 여인이 이 기나긴 원정과 전쟁의 원인이다. 오 마이 갓! 결국 '이 죽일 놈의' 전쟁은 한 여인 때문에 벌어졌고, 그리스 원정군은 십 년이 넘도록 전투를 벌이느라 고향을 잊을 지경이다. 그 와중에 다시 왕과 장군이 감정이 틀어져 아군을 위험에 빠뜨린다. 그것도 한 여자 때문에?

이 황당한 설정을 이해하기 위해 각종 담론들이 등장했다. 당시 그리스와 트로이 간의 문명 충돌이라는 해석, 당시의 정치적 상황에 대한 상징적 레토릭이라는 해석 등이 있지만 그렇다고 쉽게 납득이 되지는 않는다. 여인을 훔치지도 않고 전쟁도 하지 않으면 제일 좋은 거 아닌가? 작품 안에는 어떤 변명도 없다. 헬레네를 둘러싼 전쟁은 지극히 당연하다는 어조다. 헬레네 자신도 특별히 자책감도 원망도 없다. 심지어 자신을 약탈하고도 그로 인해 벌이는 전쟁을 은근히 즐기는 눈치다. 시아버지조차 며느리에게 너 때문은 아니라며 달랜다. 왜? 헬레네는 불사의 미를 닮았기 때문이라나. 그래, 차라리 그게 아쌀하다! 그토록 아름다우니 서로 빼앗으려 하는 게 당연하고, 그것이 전쟁이라는 것. 이쯤 되면 전쟁과 에로스는 거의 분리되지 않는다. 전쟁의 원천이 에로스고, 에로스는 필연코 전쟁을 야기한다. 오, 참으로 치명적 결탁이 아닐 수 없다.

그렇다면 그들은 헬레네를 진정 사랑했던가? 그게 사랑인지는 모르겠지만, 최소한 둘 사이의 열렬한 파토스를 전제로 하는 건 틀림없다. 여기서 또 솔직히 '깬다'. 작품 속에서 헬레네가 등장하는 분량은 지극히 짧다. 또 그 임팩트가 너무 약하다. 헬레네는 이 남자에서 저 남자로 끊임없이 옮겨 간다. 더 강한 자가 자기를 차지하는 것이 당연하다는 듯이.

아킬레우스의 여자도 마찬가지다. 아가멤논은 그녀를 약탈했다가 나중에 아킬레우스를 달래기 위해 고스란히 되돌려 준다. 그녀와의 재회가 참 감격적일 법도 하건만 그런 장면은 아예 나오지도 않는다. 그럼 이건 또 뭔가? 과연 이들은 여인들을 되찾기 위해 그 난리블루스를 떤 게 맞는가? 모르겠다! 아니, 이들의 관계가 과연 우리가 생각하는 사랑이라는 행위 혹은 관계인지도 잘 모르겠다. 사랑하지도 않는데 그토록 엄청난 파국을 야기한다고? 어불성설! 비유하자면, 여름의 열기가 극성해질 때 나타나는 증상이다. 화기가 열이 되고 그 열이 점차 뜨거워지면 이제 걷잡을 수 없게 된다. 모든 것을 태워 버릴 기세다. 전쟁과 에로스, 모두 이런 치성한 열기의 표현이다. 어디로 갈지, 대체 왜 그렇게 타오르는지 아무도 알지 못한다.

그렇다. 전쟁에 이유가 없듯이, 에로스적 탐닉에도 이유가 없다. 하지만 둘 다 엄청난 대가를 치러야 한다는 건 분명하다. 죽고 죽이고 뺏고 빼앗는. 그러다 보면 문득, '대체 왜 이렇게 사는 거지?'라는 의문이 드는 건 인지상정. 그리스인들이 찾은 해답은 '신들의 책략'이라는 것. 제우스와 헤라, 아프로디테 등 그 이름도 찬란한 올림포스 산의 신들이 인간의 마음과 자연을 멋대로 주무르기 때문이라는 것. 헬레네를 약탈하여 전쟁이 일어난 것도, 아가멤논과 아킬레우스 사이를 틀어지게 한 것도 다 신들의 조종 탓이다. 전쟁이 10년이나 지속된 것도 마찬가지다. 그리스 연합군이 치고 들어오면 태양의 신 아폴론이 나서서 트로이를 분발시키고, 트로이가 승기를 잡으면 여신 헤라가 그리스를 물심양면으로 도와준다. 제우스는 양다리를 걸친 채 양쪽의 저울을 맞추느라 분주하다.

한마디로 좌충우돌에 중구난방이다. 하지만 이 카오스적 흐름이 바로 자연의 이치다. 우주는 움직인다. 아니, 움직이는 것이 우주다. 천지가 그렇고, 만물이 그러하다. 허니, 인간이야 말해 무엇하리. 애증이 순식간에 엇갈리고, 길흉이 동시에 덮쳐 오며, 살고자 하면 죽고 죽고자 하면 또 살게 되고. 어찌하여 삶은 이토록 무상한가? 이런 질문들이

신을 탄생시킨 것이다. 이 대책 없이 요동치는 사건들의 이면에 어떤 법칙이 있긴 할 것이다. 헌데 도무지 알아차릴 방법이 없다. 그러니 저 '불사의 신'들이 저지르는 '오묘한' 장난이라고 할 수밖에. 역시 어불성설!

하지만 지금도 크게 다르지 않다. 20세기에 들어 양차 대전과 홀로코스트가 자행되었고, 지금도 지구촌 곳곳에서 '말도 안 되는' 테러가 수시로 일어나고 있다. 테러는 바야흐로 일상이 되어 버렸다. 과연 거기에 이유가 있는가? 수많은 이유와 명분이 제시되긴 한다. 솔직히 그건 없다는 뜻이나 마찬가지다. 이슬람의 수니파와 시아파는 신의 이름으로 싸운다. 그럼 『일리아스』에서 신의 책략으로 전쟁이 벌어진 것처럼 지금도 신이 전쟁을 일으키고 있다는 건가? 또다시 어불성설! 결국 아무 이유 없다! 다만 전쟁을 하고 싶을 뿐이고, 시절이 전운을 몰고 왔을 따름이다.

그것도 말이 안 된다고? 그런가? 하지만 묻고 싶다. 왜 사람들은 그렇게 게임을 하고 포르노를 탐하고 오디션과 배틀을 즐기는가? 게임과 경쟁이 아니면 도무지 움직이지 않는 신체들, 스릴과 서스펜스가 없으면 사랑을 느끼지 못하는 신체들, 늘 '필'이 충만해야만 살맛이 난다고 느끼는 신체들. 이른바 '핫한' 열기가 없으면 견디지 못하는 신체들이 너무도 많다. 한마디로 현대인은 자신의 몸을 늘 격전지로 만들지 않고는 못 배기는 셈이다. 해서, 결론은 늘 전쟁이고, 또 에로스다! 대체 왜? 만 년 전『일리아스』가 던진 이 질문은 앞으로도 아주 오랫동안 계속될 전망이다.

【덧달기】 태초에 우정이 있었다!

동양에서는 이런 변화를 음양오행의 상생/상극으로 해석한다. 사계절과 오장육부, 칠정(七情)이 맞물리면서 생의 파노라마가 펼쳐진다고 보는 것. 이것만으로도 동서양의 차이는 확연하다. 동양에선 리듬과 강밀도가 척도지만, 서양은 모든 것이 '의인화'되어 있다.『노자』와『주역』이 보여 주듯, 동양에서 자연은 "스스로 그러함"이라는 법칙을 의미하지만, 서양에선 아주 다채로운 인격적 형상으로 구현되었다.

물론 공통의 키워드는 있다. 자연이건 신이건 불멸한다. 어떻게? 생성과 소멸, 운동과 순환을 영원히 멈추지 않음으로써. 반면, 그 사이클에 단 한 번밖에 참여할 수 없는 인간은 필멸한다. 그것이 인간에게 주어진 숙명이다. 불멸과 필멸, 이 간극을 뛰어넘을 수 있는 길은 없을까? 동양에선 '천지만물과 감응하라'고 한다.『일리아스』에선 '불멸의 명성을 얻으라'고 한다. 어떻게? 영웅적인 투쟁과 죽음을 통해서. 하지만 이거야말로 신의 책략이 아닐까. 죽도록 싸우다 처절하게 죽어야 하다니. 게다가 그 동기가 여인을 약탈하기 위함이라면? 오, 이런 허망할 데가! 신들이 부여한 이 숙명의 그물망을 벗어날 수 있는 단 하나의 길이 있다. 우정이 그것이다.

아가멤논에 대한 분노로 전쟁터에서 물러난 아킬레우스를 움직인 건 절친인 파트로클로스다. 아테네인들이 수세에 몰리자 파트로클로스는 용감히 싸우다 트로이의 영웅 헥토르에게 처참하게 죽임을 당한다. 아킬레우스는 절규한다. "당장이라도 죽고 싶어요! 전우가 죽는데도 도와주지 못했으니 말예요. 그는 고향에서 멀리 떨어진 곳에서 죽었고 제 도움이 필요했는데도 저는 그를 파멸에서 구하지 못했어요. 이제 저는 사랑하는 고향 땅에 돌아가지 않을 거예요." 『일리아스』의 클라이맥스는 단연 이 대목이다. 아가멤논에 대한 분노도, 단명에 대한 두려움도, 신들의 달콤한 위로도 단번에 뛰어넘게 해준 것은 오직 우정의 파토스였다. 그럼 이들은 동성애였던가? 물론 아니다. 잠깐! 근데 왜 이런 질문을 하는 거지? 남성끼리(혹은 여성끼리)는 이렇게 사랑하면 안 되나? 에로틱한 욕망이 개입하지 않는 한 이런 식의 '찐한' 브로맨스는 불가능하다고 전제하기 때문이다. 이것이 바로 자본주의가 유포한 통념이다. 푸코에 따르면, "고대 이래 수 세기 동안 우정은 매우 중요한 사회적 관계의 양식이었다. 그 우정의 한가운데에서 사람들은 얼마만큼의 자유를 누리고 일종의 선택을 할 수 있었는데 그것은 동시에 강렬한 애정의 관계이기도 했다." 하지만 근대와 더불어 "사회적 관계로서의 우정"은 사라지고 "동성애를 사회·정치·의학의 문제로 선언하는 현상"(디디에 에리봉, 『미셸 푸코, 1926~1984』, 박정자 옮김, 그린비, 2012, 549쪽)이 나타나게 되었다. 그 결과 모든 인간적 결합의 핵심은 에로스가 차지하고 말았다.

에로스는 필멸이지만 우정은 불멸한다. 전자는 머무르고 탐착하게 하지만, 후자는 떠나게 하고 움직이게 한다. '다시 고향에 돌아가지 않겠다'는 아킬레우스의 절규를 보라. 우정이 신의 책략을 벗어난 윤리적 선택이 될 수 있을까? 있다. 아니, 우정만이 그럴 수 있다. 우정은 세상을 연결하고 만물을 순환시키기 때문이다. 고로, 『일리아스』는 말한다. "태초에 우정이 있었다!" 이 작품이 전쟁서사시를 넘어 로드클래식으로 도약하는 지점이 바로 여기다.

그래서 드는 질문, 우리는 언제쯤이면 에로스만이 열정

의 원천이라는 미망에서 벗어나 우정이 펼치는 생생불식의 기쁨을 누릴 수 있을까?

'성인'에 이르는 두 가지 길

『주자어류선집』 & 『전습록』

주자는 '주자주의자'일까? 아닐까?『인간 주자』(미우라 구니오, 이승연·김영식 옮김, 창비, 1996)에 대한 서평을 쓰면서 던졌던 질문이다. 주자와 주자주의, 그게 다른 거야? 물론 대개는 동의어로 쓰인다. 또 그렇게 배웠다. 하지만『인간 주자』를 읽고 나선 그 사이에 굉장한 거리가 느껴졌다. 동시에 주자와 주자주의가 동일시되기까지 참으로 기구한 사연—역사적, 담론적—이 있었음을 실감하게 되었다. 하긴 모든 사상이 그렇지 않은가. 사람만 생로병사를 하는 것이 아니다. 사상도 '생장수장'(生長收藏)의 스텝을 밟는다. 어떤 시절을 만나느냐에 따라 사상의 팔자도 숱하게 꼬이는 법이다. 그리고 다시 이 질문 앞에 섰다. 『주자어류선집』(이 승연 옮김, 예문서원, 2012; 140권에 이르는 『주자어류』의 핵심 내용을 미우라 구니오가 선별하여 번역한 것)을 읽었기 때문이다. 같은 저자의 작업이긴 하지만 이번엔 직접 주자의 목소리를 들었기 때문이다.

　『논어』와 『전습록』이 그렇듯이, 『주자어류선집』 역시 주자와 제자들 사이의 대화록이다. '41세에서 몰년에 이르는 30년간의 언설'이라고 한다. 예나 이제나 제자들이 스승에게 하는 질문은 좀 '저렴하다'. 각종 핑계와 변명으로 스승을 짜증나게 하고, 스승이 평생 일군 사상적 개념에 대한 '생초보적'인 질문들을 퍼부어 스승을 좌절시킨다. 하지만 우리 같은 후학들에겐 그런 모습이 참, 고맙다. 딱 우리가 궁금한 것들이기 때문이다. 우문현답이라고, 스승 주자의 답변은 그야말로 깊고 넓다. 공부법에서 학문적 체계, 우주론과 존재론, 최고의 라이벌이었던 선불교와 육상산의 심학(心學)에 대한 비판에 이르기까지. 놀랍게도 그는 자연철학자였다. 아주 많은 부분이 태극·이기(理氣)·천지·음양오행의 개념들을 궁구하는 데 할애되어 있다. 이렇게 자연학에 몰두한 이유는 간단하다. 우주의 이치는 존재의 내재적 법칙과 조응하기 때문이다. 천(天)과 인(人), 자연과 도덕의 간극 없는 일치! '성즉리'(性卽理)라는 기본 테제는 이렇게 해서 탄생했다.

말하자면, 주자도 처음부터 '주자주의자'는 아니었던 것이다. 그 역시 쉬지 않고 배우고 익히면서 새로운 길을 열어 갔을 뿐이다. 다만 그 길에 수천 명의 제자들이 몰려들었고, 그러다 보니 전국적 지명도를 얻게 되었을 뿐이다. 그렇다고 살아서 무슨 영광을 봤냐 하면 그것도 아니다. 오히려 중앙정부로부터 미운털이 박혀 '위학(僞學)의 금(禁)'까지 겪어야 했다. 그의 학문 또한 주류로부터 배척당한 '마이너리그'에 불과했다. 적어도 살아 있을 당시엔.

『주자어류선집』을 같이 읽던 멤버들이 공통적으로 꽂힌 대목은 앞의 두 장이다. '문생들에게'와 '성인은 배워서 이른다'가 그것이다. 그 첫 페이지는 특히 감동적이다. "무엇이든 자네 자신이 직접 대결하고 자네 자신이 몸소 생각하며 자네 자신이 수양하지 않으면 안 된다. 책도 자네 스스로 읽고 도리도 자네 자신이 궁구하지 않으면 안 된다. 나는 다만 길을 안내하는 안내자이며 입회인에 불과하다. 의문점이 있으면 함께 생각해 볼 따름이다."(『주자어류선집』, 38쪽) 요컨대, 공부의 주체는 어디까지나 자신일 뿐이라는 것. 이때 중요한 것은 앎의 능동성이다. 하여 그의 훈계에는 '스며든다', '기른다', '적신다' 같은 표현이 자주 등장한다. 인간은 천지의 기운을 받고 태어났다. 고로 마음 안에 모든 것이 구비되어 있다. 그것이 드러나면 '인의예지신'이 된다. 오륜을 아우르면서 대표하는 인(仁)은 곧 천지만물과 하나되는 것이다. 그런 이치를 터득한 존재가 곧 성인(聖人)이다. 모든 인간은 성인이 될 수 있고, 또 되기 위해 노력해야 한다. 이것이 주자의 대전제다.

가난 때문에 학문에 전념하기 어렵다는 제자에게 하는 말, "그것은 상관없다. 세상에 할 일이 없는 한가로운 사람이 어디 있겠는가? 하루 24시간, 언제 여유가 있는지를 보고 두 시간 여유가 있으면 두 시간을 공부하고 15분 여유가 있으면 15분을 공부하면 된다."(앞의 책, 77쪽) 그런가 하면 선생님은 원래 뛰어나니 그렇게 하시는 거고 자신은 발꿈치도 따라가지 못한다고 푸념하자, "그런 말은 모두 자신을 변호하는 말로 그것이야말로 가장 큰 결함이다".(같은 곳) 이런 대목에서 우리는 모두 '빵' 터졌다. 우리도 늘상 입에 달고 있는 말이 아닌가. 돈이 없어서, 몸이 안 좋아서, 머리가 나빠서…. 하지만 주자는 지치지 않고 말한다. 도피하지 말고 자신의 운명과 대면하라! 천리(天理)를 터득하여 성인이 되는 것, 그것이 모든 인간에게 주어진 길이요 명이다.

그것은 진정 새로운 '앎의 향연'이었다. 하지만 주자 사후 원나라 때부터 주자의 학문은 국가학이 되었다. 어떤 사상도 국가와 결합하면 도그마가 된다. 초기의 생동감을 잃고 뻣뻣하게 굳어 버리는 것이다. 어디 주자만 그럴까. 20세기를 장식한 수많은 혁명이론의 운명도 다르지 않았다. 지금 우리가 신봉하는 표상들 또한 이 '무상성'의 운명에서 자유로울 수 없다.

근대성 담론으로 무장했던 20세기 한국학에서 주자는 중세 봉건의 원천이자 토대였다. 그것은 기필코 넘어서야 할 벽이었다. 그럼 지금은? 이제 그 중세를 타자화하고 온갖 '악의 축'으로 간주했던 근대성 담론 역시 도그마의 운명에서 자유롭지 못하다. 그렇다면 이제 마음 놓고(?), 아니 아주 새로운 마음으로 주자를 만나도 좋지 아니한가. 심도 높은 역주로 책읽기의 즐거움을 선사한 미우라 구니오는 이렇게 말하고 있다. "50년 넘게 중국 고전과 가까이하였지만 결국 『주자어류』가 가장 재미있었다. 이 사람이 생각했던 것, 느꼈던 것은 천 년 가까운 시공을 넘어 여전히 내 가슴에 울리고 있다."(『주자어류선집』, 32쪽)

한편, 여기 주자와는 또 다른, 아니 주자를 넘어서서 성인에 이르는 길을 밝힌 철학자가 하나 있다. 이름하여 왕양명. 그 전에 잠깐 드라마 이야기를 하나 하고 넘어가자. KBS 드라마 〈정도전〉(2014)에 대한 것이다. "모든 백성이 군자가 되는 나라"——극 초반부에 정도전이 토해 낸 대사다. 바닥까지 추락한 정도전은 동북면의 덕장 이성계를 찾아간다. 고려를 무너뜨리고 새로운 왕조를 건설하자는 정도전의 말에 이성계는 분노한다. 정도전의 말은 반역을 하자는 것이나 다를 바 없기 때문이다. 그때 정도전이 말한다. 함께 손을 잡고 '민본정치'를 구현하자고. 사전(私田)을 혁파하여 모든 백성이 자기 땅에서 농사를 짓게 하자는 것이다. 이른바 '계민수전'(計民授田)이 그것이다. 충분히 예상할 만한 내용이다. 내가 주목한 건 그다음 대사였다. 그리하여 "모든 백성이 군자가 되어 사는 나라"를 만들어 보잔다. '군자의 나라?' 순간 귀가 번쩍! 했다.

군자란 무엇인가? 자기 땅과 노동의 주인이 되는 것만으론 부족하다. 잘 먹고 잘 사는 것만이 삶의 비전일 순 없다. 궁극적으로 모두가 '자기 삶의 주인'이 되어야 할 터. 삶의 주인이 되려면 경제적 자립뿐 아니라 무엇보다 윤리적 자율성을 체득해야 한다. 윤리란 외부로부터 오는 억압과 구속에 맞서 싸우는 힘이자 동시에 마음이 충동에 휩쓸리지 않도록 조율하는 내적 에너지라 할 수 있다. 모든 백성이 이런 존재가 되는 것, 이것이 정도전이 꿈꾸는 '이상국가'였다. 그것은 단지 토지개혁과 왕조교체만으로 도달할 수 있는 경지는 아니다. 제도와 시스템이 견고해지면 관료주의와 무력감이 판치게 되고, 물산이 풍부해지면 사치와 방탕에 빠져드는 것이 인지상정이다. 무력하거나 중독되거나!

군자가 된다는 건 이 양극단을 모두 떨치고 생명의 자율성을 고도로 발휘한다는 뜻이리라. 이때 정도전이 염두에 둔 비전은 공자의 유학, 그중에서도 주자의 성리학이었다. 그런데 이 대사를 듣는 순간 내 머릿속에 떠오르는 건 역설적으로 주자가 아니라 그 주자를 넘어서고자 한 양명이었다.

주자는 분명 훌륭한 스승이다. 그 역시 모든 백성이 '군자'가 되고 '성인'이 될 수 있다고 믿었다. 여말선초에 유입된 성리학은 그런 역동적 비전의 산물이었다. 하지만 앞서 밝혔듯이, 주자 사후, 주자학은 주자의 염원과는 다른 길을 걷게 된다. 국가학이 되어 주류에 편입되면서 오히려 모든 이상과 실험을 억압하는 도그마가 되고 말았다. 그럼 어떻게 해야 하는가? 처음으로 돌아가야 한다. 양명이 등장한 지점도 바로 거기다. 국가장치를 등에 업고 거대담론이 되어 버린 주자학에 맞서려면 생명과 우주, 거기에서 다시 시작해야 한다.

　왕양명(王陽明, 1472~1529, 본명은 수인)은 명나라 중기를 살아간 장군이다. 그냥 평범한 무장이 아니라, 중국 역사상 가장 뛰어난 전략가이자 수차례 큰 반란을 진압한 명장이다. 헌데 놀랍게도 그는 사상가다. 그냥 평범한 사상가가 아니라 중국철학사의 흐름을 주자학에서 양명학으로 바꾼 거인이다. 세계사에는 양명보다 뛰어난 철학자도 있고, 또 양명 못지않은 명장도 있을 것이다. 하지만 양명처럼 장군이면서 동시에 현자인 경우는 실로 드물다. 말하자면, 그는 '칼을 찬 학자', '붓을 든 장군'이었던 것. 그 이름에 걸맞게, 전쟁터를 누빌 때는 다만 적을 물리칠 뿐 아니라 백성들이 살아갈 길을 열어 주었고, 다시 향리로 돌아오면 강학을 열어 사방에서 몰려온 제자들과 더불어 본체와 진리를 탐구했다. 전장(戰場)과 강학원, 양극단에 위치한 두 현장을 무심하게 넘나드는 이 유연한 도움닫기! 그 생생한 기록이 바로 『전습록』(傳習錄)이다. 『논어』나 『주자어류』가 그렇듯이, 이 책 또한 스승 양명이 제자들과 주고받은 대화록이다.

　양명의 이력 탓일까. 『전습록』은 철학적 고전임에도 박진감이 넘친다. 주자학이 체계적이고 방대한 커리큘럼을 종횡한다면, 양명학은 단도직입에 쾌도난마다. 철학적 출발점도 간결하기 그지없다. '심즉리(心卽理)——마음이 곧 이치다.' '심외무물(心外無物)——마음 밖에 사물이 없다.' 주자학의 박학다식에 맞서 존재와 세계의 '간극 없는 일치'를 설파한 것이다.

이런 사상을 터득하는 데 어찌 고난이 없었으랴. 환관 유근(劉瑾)의 전횡을 상소했다가 장 40대를 맞고 귀주에 있는 용장으로 좌천된 적이 있었다. 암살의 위험에 시달리며 간신히 도착한 용장은 이민족들이 웅거하던 오지 중의 오지였다. 말도 통하지 않을뿐더러 풍토병의 위협으로 생사를 넘나드는 고투를 감내해야 했다. 그야말로 벼랑 끝에 선 것이다. 하지만 그 백척간두에서 양명은 마침내 천리를 온몸으로 터득한다. 이름하여 '용장의 대오(大悟)'! 이제 그에게는 '사물(物)-앎(知)-마음(心)-몸(身)'이 하나로 융합되었다. 누구든 이 이치를 터득하면 군자를 넘어 성인이 될 수 있다. "거리에 가득 찬 이들이 다 성인(聖人)이다!"

그럼에도 왜 사람들은 군자도 성인도 되지 못하는가? 인욕(人慾)에 의해 가로막혔기 때문이다. 인욕이란 무엇인가? 아주 간단하다. '여색을 밝히는 것, 재물과 명예를 탐하는 것'. 이 욕망으로부터 벗어나면 누구든 천리를 보존할 수 있다. 천리를 보존하는 것이 곧 도다. "도는 곧 본성이고 또한 운명이다.”(문성환 풀어 읽음, 『낭송 전습록』, 북드라망, 2014, 107쪽) 이것을 외면하게 되면, “지식이 넓어질수록 사사로운 욕심은 더욱 커지고, 재능과 역량이 많을수록 천리는 더욱 가려진다”.(『낭송 전습록』, 121쪽) 마치 우리 시대를 겨냥한 듯한 언표다.

실천적 윤리도 명쾌하기 그지없다. ‘지행합일’(知行合一)과 ‘치양지’(致良知). 앎과 행은 하나라는 것, 또 ‘천지조화의 정령’이자 ‘마음의 본체’인 ‘양지’에 도달하라는 것. 양명이 보기에 주자학의 가장 큰 병폐는 앎과 행의 분리에 있었다. 아는 것 따로 행하는 것 따로. 그 분열과 간극이 곧 욕망의 배양처다. 여색에 빠지고 부귀공명에 중독되는! 그러므로 ‘욕망이 싹트는 지점을 아는 것이 생명의 근원이고, 그 즉시 그것을 없애는 것이 생명을 세우는 공부’다.

아, 이제야 알겠다. 내가 왜 ‘군자의 나라’라는 대사를 듣는 순간 양명이 떠올랐는지를. 최근 몇 년 사이 유난히 사회지도층의 성범죄가 줄을 이었다. 정계, 법조계, 학계까지. 내용도 참 기괴하고 다채롭다. 처음엔 분개했지만 문득 궁금해졌다. 그렇게 많은 공부를 하고도, 또 그렇게 높은 곳에 오르고도 왜 성욕이 컨트롤되지 않을까 하고.

생각해 보니 지극히 당연했다. 우리 시대의 앎이란 욕

망의 절제와는 아무런 관련이 없지 않은가. 오히려 성공은 아주 종종 욕망의 무한 증식과 혼동되기도 한다. 공적 비리가 늘 치정 사건과 얽혀 있는 것도 그 때문이다. 따라서 진정으로 '리더'가 되고자 한다면, 반드시 욕망을 다스리는 수련을 해야 한다. 그렇지 않다면 앞으로도 성공의 정점에서 스스로 추락하고 마는 '희비극'은 끊임없이 반복될 것이다.

감시와 처벌은 결코 해법이 아니다. 윤리란 철저히 자율성에 근거한다. 외압에 의한 것은 아무리 견고하다 한들 '노예의 도덕'에 불과하다. 하여, 제도와 시스템이 강화될수록 불안감과 무력감은 증폭될 것이고, 또 그에 비례하여 욕망에 대한 탐닉 역시 더한층 교묘해질 것이다. 결국은 악순환이다. '군자의 나라'가 되려면 '군자가 되는 길'이 열려야 한다.

무엇보다 교육적 전제가 근본적으로 바뀌어야 한다. 교육이야말로 윤리의 척도를 가늠하고 훈련하는 출발점이기 때문이다. '심즉리'와 '치양지' 같은 양명의 테제가 절실한 이유가 바로 거기에 있다. 지금처럼 앎과 삶, 욕망과 윤리가 분리되는 공부법으로는 결국에는 재물과 성욕 앞에서 휘청거리는 소인배들을 양산할 수밖에 없을 테니까.

생의 마지막 국면에서 양명은 이렇게 말한다. "평범한

사람이 될 수 있어야 비로소 사람들에게 학문을 강의할 수 있다." 성인이란 비범한 존재가 되는 것이 아님을 지적한 것이다. 자신을 태산처럼 떠받들려는 제자들에게 말한다. "태산은 평지만 못하다. 평지에 무슨 눈에 띌 만한 것이 있겠는가." 거기에 붙은 해설은 이렇다. "이날 선생님의 마지막 한마디는 사람들이 평생을 지녀 온, 겉으로 우뚝 두드러지고 싶어하는 병을 단번에 잘라내고 깨뜨렸다."(『낭송 전습록』, 54~55쪽) 스스로의 권위를 무너뜨림으로써 학문의 본체를 증명해 보인 것이다. 그래서인지 양명학은 스승보다 제자들이 더 유명하다. 특히 명말청초를 주름잡은 '양명좌파'가 그들이다. 18세기 조선의 르네상스를 주도한 연암그룹에도 이들의 영향이 짙게 배어 있다.

그럼에도 양명에 대한 우상화는 이루어지지 않았다. 주자는 거대한 체계를 세움으로써 결국은 도그마로 가는 운명을 피할 수 없었다면, 양명은 스스로 광야가 됨으로써 후학들로 하여금 그 위를 마음껏 질주하게 하였다. 모두가 군자가 되고 만백성이 성인이 되는 길을 연 셈이다. 과연 태산은 광야만 못하다!

고려사, 한국사의 야생지대

고전연구실 편찬, 『북역(北譯) 고려사』

역사에 관한 한, 한국인은 두 가지 표상에 고착되어 있다. 도포자락 휘날리는 조선조의 선비와 만주벌판을 주름잡는 고구려의 무인. 한국인의 99퍼센트가 '양반의 후예'임을 믿어 의심치 않는 기현상이 전자와 관련된다면, 무시로 몰아치는 고구려 열풍에는 저 중원제국에 대한 콤플렉스가 투사되어 있다. 이 둘은 서로 공존 불가능한 지층임에도 한국인들은 아주 행복하게(?) 이 두 꼭짓점 사이를 '왕복달리기'한다.

그래서인가? 고대사와 조선사 사이에 낀 고려사는 역사의 변경지대다. 드라마 〈왕건〉의 히트로 겨우(?) 대중의 이목을 집중시키기는 했으되, 여전히 그것은 베일에 싸여 있는 '비밀의 정원'이다. 물론 고려사에는 동명왕이나 광개토대왕의 일대기같이 장엄한 제왕의 서사시도 없고, 조선조의 유학처럼 중국보다 더 '중화적인' 철학의 세계도 없다. 게다가 〈여인천하〉류의 궁중스토리조차 드물다. 그러나 분명한 건 '그게 다가 아니'라는 사실이다. 조선왕조 건국 주체들의 심각한 윤색을 감안한다 하더라도 세가(世家)에서 열전까지 이어지는 『고려사』(북역본 기준 총 11권)에는 뭔가 '다른' 것이 있다! 삼한통일전쟁, 무신난, 대몽항쟁 등 굵직한 사건들만 떠올려도 그렇거니와, 이 파란만장한 선분 위에 당에서 송으로, 다시 여진과 거란, 그리고 몽고가 각축하는 중원의 회오리가 겹쳐지면 고려사에는 동아시아를 넘어 세계제국의 생생한 맥박이 고동친다. 고려가요 「쌍화점」에 아라비아 상인이 등장하는 게 결코 우연이 아니었던 셈이다. 게다가 불교와 토속신앙이 정치에 그대로 연계되는 특유의 메커니즘이나 불륜과 근친상간이 다반사로 일어나는 성적 습속들은 당혹스러운 만큼이나 '이국적 스릴'을 만끽하게 해준다.

그렇다면 고려사가 외곽으로 밀려난 건 고려사 자체의 문제라기보다 역사를 재는 준거, 예컨대 국경과 혈통을 중심으로 내부와 외부를 견고하게 구획짓는 근대적 표상체계로 인한 것이 아니었을까? 따지고 보면 그것들은 고려사를 포함하여 역사 전체를 얼마나 빈곤하게 만들었던 것인지. 결국 문제는 그러한 경직된 배치를 변환하는 것일 터, 만주 벌판에 대한 허황한 꿈을 꾸면서 동시에 '조선중화'를 미화하는 역설의 궤도에서 탈주할 수만 있다면, 우리는 고려사라는 '야생적 지대'를 마음껏 종횡할 수 있으리라. 이질적인 시대와의 만남이란 궁극적으로 '지금, 여기'를 재구성하는 것에 다름 아니라는 점을 환기할 수 있다면 더더욱.

'절대 부정'을 향한 도발적 여정

사드(Marquis de Sade, 1740~1814)만큼 유명한 작가도, 사드만큼 불행한 작가도 드물다. 그의 이름은 '사디즘'이라는 임상의학적 용어를 통해 범세계적인 명망(?)을 얻었지만, 정작 그의 텍스트는 '사디즘'에 열광하는 이들에게조차도 별로 읽히지 않는다는 점에서 그렇다. 국내에 나와 있는 책들도 '사디즘에 관한' 것이 압도적이고, 그 원천이 되는 작품들은 무관심 속에 방치되어 있다. 얼마 전 『소돔 120일』만이 각별한 호기심 속에서 재출간되었지만, 이 '악명 높은' 작품도 끝까지 읽히는 경우가 거의 드물다는 점에서 사드의 작가적 불운을 덜어 주지는 못한다.

'쥐스틴'이라는 제목으로도 불리는『미덕의 불운』(이형식 옮김, 열린책들, 2011)은 그 후속편 '쥘리에트'와 더불어 사드의 대표작이자 프랑스 문학사의 가장 특이한 별에 속한다. 푸코가『말과 사물』에서 고전주의에서 근대로 넘어서는 문턱에 있다고 한 바로 그 작품이기도 하다.

　제목 그대로 이 작품은 미덕이 한 여인의 일생에 얼마나 끔찍한 불행만을 안겨다 주었는지를 그리고 있다. 쥐스틴은 역경에 처할수록 수녀원에서 받은 교육, 예컨대 신앙심, 헌신, 순결 등의 미덕을 지키고자 애쓰는데, 그럴 때마다 운명의 가혹한 보복을 받는다. 고리대금업자, 후작, 사제 등등 이른바 그녀가 몸을 의탁했던 사회지배층 인사들은 그녀의 미덕을 철저하게 냉소하며 그녀의 몸과 영혼을 '야수처럼' 짓밟는다. 상황의 잔혹함, 에로틱한 극한성은『소돔 120일』못지않지만, 여기서 포르노그래피를 기대했다가는 철저히 배반당하고 만다. 오히려 차갑고도 담담한 어조를 통해 에로틱한 담화의 문법 그 자체를 전복하는 데에 이 작품의 독창성이 있다.

　미덕은 언제나 불운을 가져다주고, 악덕은 늘 승리한다는 줄거리는 언뜻 보면 지배적 관습의 부조리를 고발하는 '아이러니'처럼 보이기도 한다. 하지만 그건 사드를 너무 가

녑게 읽는 독법이다. 그가 겨냥하는 것은 도덕체계의 불합리성을 넘어 도덕성 그 자체이고, 법의 부조리성을 넘어 법의 원리 그 자체이다. 그 도발적 여정은 신과 자연, 우주적 질서에까지 이르는 이른바 '절대부정'의 형식을 취한다. 사드가 앙시앙 레짐, 혁명 공화정, 집정체제 등 모든 체제하에서 지하감옥의 수인(囚人)이 되어야 했던 이유도 바로 거기에 있을 터이다.

어디 그때뿐이랴? '외설이 흘러넘치는' 이 21세기에도 사드의 텍스트는 여전히 불온하고, 여전히 매혹적이다.

범람하는 잡초가 되어라

토니 모리슨, 『파라다이스』

"그들은 제일 먼저 백인 소녀를 쏜다." 노벨상 수상 작가 토니 모리슨(Toni Morrison, 1931~2019)의 『파라다이스』는 이렇게 시작한다. 제목에 '반하는' 이 충격적인 구절이야말로 작품을 관통하는 기저음이다. 백인 소녀를 겨냥하는 그들은 대체 누구인가? 백인들의 끔찍한 인종차별과 투쟁하며 자신들의 뿌리를 이어 온 흑인 남성들이 그들이다. 피의 수난으로 얼룩진 장엄한 역사를 반복해서 되뇌이며 외부와는 완전 절연한 채 순수혈통을 이어 가는 것, 그것이 '루비'로 명명된 흑인공동체의 모습이다. 그런데 이 마을 외곽의 수녀원에 이상한 여자들이 모여들기 시작한다. 뿌리도, 신앙

심도 없는, 상처투성이의 여자들이. 물론 그들은 유색이거나 혼혈이거나 백인이다. 그래서 그녀들의 '막돼먹은' 행동들은 피의 불순함과 그대로 등치된다. 게다가 그 '마녀'들은 순결한 '루비'의 성채를 마구 헤집으며 혼란과 균열을 야기한다. 그건 정말 용서받을 수 없는 죄악이다. '루비'의 '로열 패밀리'들에게는.

전통적인 흑백갈등의 틀을 뒤집는 이런 구도는 전복적인 만큼이나 참 익숙하다는 느낌을 동시에 던져 준다. 혈통의 순수함, 영웅적 투쟁의 역사, 거룩한 교리, 금욕——'루비'의 수호자들만이 아니라, 지난 몇 세기 동안 인류가 치른 크고 작은 전쟁의 명분은 대체로 이런 서사적 스토리로 구성되었던 게 아닐까? 아(我)와 비아(非我)의 투쟁으로 표상되는 우리의 고귀한(!) 민족주의까지도. 그러나 어떤 신성한 공동체도 장엄한 역사의 광채가 그 빛을 바래게 되면 오직 혈통에 대한 맹목적 집착만이 남게 된다. 그것은 결국 다른 피에 대한 이유 없는 분노, 혈통적 순수성을 깨는 여자들에 대한 '마녀사냥' 등의 궤적을 밟게 마련이다. 어디 그뿐인가? 종국에는 외부에 돌렸던 '얼음 같은 경계선'을 내부로 돌림으로써 마침내 치를 떨며 탈주했던 그 세계를 똑같이 닮아 버리고 만다.

그런 점에서 이 작품의 화두는 흑인도, 여성도 아니다. 작가는 내부와 외부가 견고하게 구획된 모든 공동체가 숙명적으로 겪게 되는 어떤 경로에 대해 문제 삼고 있는 것이다. 그렇다면, 파라다이스는 결국 불가능한 것인가? 아니, 그렇지 않다. 역설적으로 바로 그렇기 때문에 파라다이스는 아주 가까이 있다. 작가는 말한다. 수녀원의 여자들처럼, 기원이나 계보에 집착하지 말고, 서로 이질적인 채로 뒤엉켜 살아가는 삶의 여정 자체가 파라다이스라고. 견고한 뿌리를 자랑하는 나무가 아니라, '범람하는' 잡초가 되라고.

사랑이 혁명과 만나는 길은?

체르니셰프스키, 『무엇을 할 것인가』

'혁명이 성공하고 실연을 당하면 행복할까? 불행할까?'——
1980년대를 통과하면서 반쯤은 장난으로 던져 보았던 질
문이다. 혁명이 사랑을 흡수해 버렸던 80년대나 사랑의 위
세 앞에 혁명이 실종된 지금 이 시대나 '사랑과 혁명의 함수
관계'에 대한 물음으로부터 자유롭기란 쉽지 않다. 신파조
로 말해, 혁명을 꿈꾸자니 사랑이 울고, 사랑을 따르자니 혁
명이 망각되는, 이 이분법적 회로를 벗어나는 길은 없는 것
일까?

체르니셰프스키(Nikolay Chernyshevsky, 1828~1889)의
『무엇을 할 것인가?』(서정록 옮김, 열린책들, 2009)는 이 물음

에 대한 빛나는 보고서다. 진정 놀라운 것은 이 소설이 19세기 후반 러시아에서, 그것도 유형지에서 쓰여졌다는 사실이다. 이념투쟁이 거센 시절, 혁명을 꿈꾸다 긴힌 수인(囚人)의 몸으로 한 여자와 두 남자의 사랑 이야기를 쓸 수 있다니. 그는 사랑의 습속을 바꾸는 일, 그것이야말로 혁명이라고, 아니, 사랑의 습속을 바꾸지 못하는 혁명은 결국은 무의미한 것이라고 말하고 싶었던 것일까?

과연 그가 그려 내는 사랑은 '전복적'이다. 숙명적 엇갈림, 배신과 복수, 권태 아니면 변태로 점철되는 그런 유의 사랑이 아니라, 지극히 일상적인 관계 안에서 사랑이 어떻게 눈부신 생의 환희를 분출하는지, 그리고 그것이 어떻게 또 다른 '인연의 장'을 증식시켜 가는지를 보여 준다는 점에서 그렇다. 여주인공 베라와 그의 연인들은 슬픔과 연민을 통해서만 표현되는 사랑, 늘 무언가를 하지 못하도록 붙들어 매는 그런 수동적 사랑을 거부한다. 그들에게 있어 사랑이란 스피노자식으로 말해 '기쁨의 능동적 촉발'이다. 그렇기 때문에 이 능동적 에너지가 외부로 흘러넘치는 것은 너무나 자연스럽다. 베라가 운영하는 '코뮨'은 말하자면 그 사랑이 일으킨 분자적 공명의 장인 것이다.

그래서 베라가 남편 로뿌호프의 분신과도 같은 친구

끼르사노프와 두번째 사랑에 빠졌을 때, 그것은 멜로적 삼각관계가 아니라 자신의 벽을 계속 넘어서는 혁명, 아니 더 나아가 장엄한 구도(求道)의 파노라마가 된다. 뜨겁게 사랑하되 결코 한 순간에 머무르지 않는, '무상'(無常)한 생의 바다에 몸을 던질 수 있는 '유목적' 여정으로서의 사랑. 그에 비한다면 사랑은 영원해야 한다는 망상에 시달리고, 그리고 그것을 위해 강철 같은 습속의 굴레들을 기꺼이(?) 수락하는 우리 시대의 사랑은, 오 얼마나 초라한 것인지! 사랑과 혁명, 아니 구도가 그대로 일치하는 길이 그토록 가까이 있건만.

저기 푸코가 있다

디디에 에리봉, 『미셸 푸코』

"투사이며 콜레주 드 프랑스 교수"——프랑스의 한 언론은 푸코를 이렇게 제시한 바 있다. 얼굴 표정만으로도 수많은 이미지를 발산하는 철학자에 대한 설명치고는 너무나 간결한 요약인 셈이다. 하지만 거꾸로, 상당히 먼 거리에 있는 것처럼 보이는 이 두 지시어 사이에 징검다리들을 놓을 수만 있다면, 이 요약만큼 푸코를 잘 말해 주는 것도 없을 듯 싶다. 정말로(?) 그는 68년 5월 혁명 이후부터 84년 사망에 이르기까지 언제나 '거리에 있었다'. 그리고 바로 그 시절은 그가 프랑스 최고의 명문 콜레주 드 프랑스에서 교육자로나 학자로나 전성기를 구가하고 있는 시점이기도 했다. 대

여름[火]: 열정과 자유 135

체 어떻게 그런 일이 가능하단 말인가?

기자 출신의 저자 디디에 에리봉(Didier Eribon, 1953~)의 이 전기는 푸코에 대한 멋진 보고서다. 그는 치밀한 자료를 바탕으로 데모꾼과 천재 철학자 사이를 날렵하게 오가면서 독자들로 하여금 푸코의 역동성과 강렬함에 매혹되도록 이끈다. 특히『말과 사물』이라는 초유의 히트작을 낸 뒤, 마르크스주의를 둘러싸고 당대 철학계의 거장 사르트르와 치열한 논쟁을 벌이는 장면, 또 이후 이 '백전노장'과 모든 종류의 반파시즘 투쟁을 함께 하는 장면은 가슴 벅차게 감동적이다.

"저기 푸코가 있다!"는 말이 유행할 정도로 그는 모든 종류의 투쟁에 참여했다. 스페인, 브라질, 폴란드, 이란 등 국경을 무시로 넘나들었고, 감옥정보그룹, 이민자운동, 사형제도 폐지 등 근대권력의 폭력성에 맞서 온몸으로 싸웠던 것이다. 따지고 보면,『감시와 처벌』,『성의 역사』와 같은 저서, 그리고 콜레주 드 프랑스에서 했던 명강의가 바로 이 투쟁의 기록이기도 했던바, 그는 몇백 년 전의 역사자료와 임박한 현실 문제를 '대각선으로' 잇는 천재적인 능력을 지니고 있었다. 이 대목에서 특히 환기해야 할 사항은 그 천재성이 '밴드'를 조직하는 능력의 다른 표현이기도 하다는 점이다. 학생들과 세미나를 조직하는 푸코, 뒤메질·알튀세르·장 주네·들뢰즈 등과 열렬하게 교유하고 토론하는 푸코, 바리케이드 위에서 이질적인 존재들과 연대하는 푸코. 말하자면, 푸코가 지닌 '천의 얼굴'은 20세기 후반 유럽 지성계의 '별들의 전쟁', 바로 그것이었다.

'손에 땀을 쥐게' 하는 그 서스펜스를 만끽하노라면, 그가 동성애자이며, 에이즈에 걸려 『광기의 역사』에서 상세하게 분석했던 그 병원에서 죽었다는 '충격적인 사실'조차 그저 사소한 에피소드처럼 느껴질 정도이다.

金

3부

가을

수렴과
성찰

『오뒷세이아』

『구운몽』

『서유기』

『과거의 거울에 비추어』

『소돔 120일』

『한서열전』

『헬렌 니어링의 소박한 밥상』

⁑

가을은 금(金)이다. 열매와 바위, 칼과 보석, 서쪽 등을 의미한다. 여름의 화기가 7월 말 절정에 이르면 천지가 뜨거운 기운으로 가득 찬다. 더 나아가면 폭발이다. 다행히 발산이 극에 이르면 다시 되돌아온다. 이 기운을 조절하는 것이 토(土) 기운이다. 뻗어 나가는 열기를 멈추고 수렴을 시작하면 대기가 무겁게 가라앉으며 찜통더위가 시작된다. 그러다 태풍이 한바탕 휩쓸고 지나가면 그때부터 가을이다. 봄에서 여름까지 앞으로 나아가기만 하던 기운이 문득 방향을 거꾸로 돌린 것이라 '우주의 대혁명'이라고도 부른다.

여름의 열기는 끝났다. 하늘은 높고 바람은 서늘하다. 이제 무성한 잎들이 떨어지기 시작한다. 잎이 떨어져야 열매를 맺을 수 있으므로. 허황하고 부질없는 외양을 가차 없이 소멸시키고, 어중간하고 모호한 것을 여지없이 잘라 버린다. 오장육부로는 폐/대장에 해당한다. 폐는 내가 세상과 마주치는 관문이다. 폐가 튼실해야 '패기'가 충만하다. 사람의 생애로 따지면 중년에 해당한다. 오륙십대가 그렇다. 오륙십대는 여전히 원기왕성하지만 이제 더 이상 발산의 리듬으로 살아서는 곤란하다. 갱년기를 거치면서 생리적 밸런스가 완전 리셋되기 때문이다. 화려한 성취보다는 알찬 내실, 인정욕망보다는 자기배려의 시간이 필요하다. 그것을 윤리적으로 표현한 것이 '수렴과 성찰'이다.

『오뒷세이아』는 귀향의 여정이다. 피비린내 나는 전쟁을 마치고 집으로 돌아오는 길, 그것은 고난과 심판의 시간이지만 피할 길은 없다. 끊임없이 자신을 성찰하고 단련하면서 통과하는 수밖엔. 『구운몽』의 성진은 온갖 부귀영화를 다 누렸지만 가을날 지는 해를 보면서 삶의 덧없음에 흐느껴 운다. 하지만 덧없는 건 삶이 아니라 부귀영화, 아니 부귀영화를 향한 욕망이다. 그 욕망의 회로를 바꾸려면 어떻게 해야 할까? 『서유기』의 손오공은 더 극단적 케이스다. 무소불위의 힘과 능력을 지녔건만, 시도 때도 없이 천지를 뒤집어 놓는 '사고뭉치'에 불과하다. 방법은 오직 하나, 서역으로 가야 한다. 108요괴와 싸우면서 81난을 겪어내면서. 『과거의 거울에 비추어』(이반 일리치)는 서양문명의 기원을 특별한 시선으로 투시한다. '게의 걸음'으로 뒷걸음치면서 한 발짝씩 거슬러 올라가는 것이다. 현실을 정면으로 응시하면서 시공의 비전을 점점 넓혀 가는 것. 『소돔 120일』, 『한서열전』, 『헬렌 니어링의 소박한 밥상』 등 새로 추가된 작품들에서 인간과 시대를 성찰하는 신선하고 파격적인 방법들을 체험하게 될 것이다.

결단력이 부족하거나 시작은 잘하는데 마무리하는 능력이 부족하다면, 가을의 고전을 읽으며 금기(金氣)를 충전하시길! 혹은 삶의 리듬을 근본적으로 바꾸는 '존재의 혁명'을 꿈꾼다면 역시 가을의 고전과 함께 길을 떠나 보시기를!

귀향, 고난과 환대의 여정

호메로스, 『오뒷세이아』

그리스 연합군 vs 트로이의 10년 전쟁이 끝났다. 결과는 연합군의 완승! 이제 약탈당했던 헬레네를 되찾고 막대한 전리품을 챙긴 다음 금의환향하면 된다. 해피엔딩…인 줄 알았는데 웬걸! 귀향이 전쟁보다 더 끔찍하고 다이내믹하다. 그래서 탄생한 서사시가 『오뒷세이아』다. '오뒷세우스의 귀향'이라는 뜻으로, 단연 '로드클래식'(여행기 고전)의 원조에 해당한다.

그리스 연합군의 불화가 그 단초였다. 한 팀은 당장 떠나자 했고, 다른 팀은 먼저 신에게 제물을 바치자고 했다. 견해의 차이는 순식간에 적대감으로 번졌다. 트로이라는 적이 사라지자 내적 분열이 일어난 것이다. 그렇게 어수선한 상태로 귀향길에 올랐으나 신들은 이들에게 갖가지 고난을 선사한다. 어떤 이는 암초에 부딪혀 수장되고, 또 어떤 이는 파도에 휩쓸려 아주 먼 곳으로 밀려간다. 가장 비극적인 케이스는 수장인 아가멤논이다. 그가 트로이에서 전쟁의 노고를 견디는 동안 고향에선 한 남성이 그의 아내를 끈질기게 유혹하고 있었다. 처음엔 거절했지만 결국 무너졌다. 산전수전 끝에 아가멤논이 고향땅을 밟게 되자 아내와 내연남은 대대적인 환영파티를 개최한다. 파티가 절정에 오르는 순간, 아가멤논과 그의 전우들은 자객들의 손에 참혹하게 살해당한다. 이후 내연남은 스스로 아가멤논의 나라를 통치했지만 영광은 오래가지 않았다. 팔 년째 되는 해에 아가멤논의 (숨겨 놓은) 아들이 등장하면서 그 또한 비참한 최후를 맞는다.

그럼 신들은 왜 이토록 가혹한 대가를 치르게 하는 걸까? 그것이 자연의 섭리이기 때문이다. 다시 말해, 이것을 얻으면 저것을 잃는 법. 트로이전쟁은 약탈과 에로스적 충동으로 시작되었다. 선악시비가 불가능하다. 그러니 이긴 자가 더 우월할 것도, 패배한 자가 더 열등할 것도 없다. 다만 시절의 운이 그리스로 기울었을 뿐이다. 승리에는 엄청난 살육이 동반된다. 그렇다면 승자들 역시 어떤 식으로든 피의 대가를 치러야 한다. 만약 승자들이 금의환향의 영광마저 누린다면 그건 실로 불공평하지 않은가. 고로 인생에 해피엔딩이란 없다! 하나의 문턱을 넘으면 또 다른 문턱이 기다리고 있을 뿐.

또 하나, 고향에서도 이 영웅들의 귀향을 달가워하지 않는다. 아가멤논의 비극이 보여 주듯, 전사들이 전장을 누비는 동안 고향에선 그들의 빈자리를 둘러싼 욕망의 향연이 펼쳐진다. 국가에 대한 충성심이나 영웅에 대한 부채의식, 그 어떤 것도 대체할 수 없는 욕망의 소용돌이! 이것이 인생이다!

오뒷세우스의 여정 또한 그러했다. 그는 '트로이의 목마'로 아테네의 승리를 이끌어 낸 장본인이다. 그래서인가. 귀향길에 오르자마자 '제우스의 번쩍이는 번개가 그의 배를 쪼개 버리는 바람에' 전우들을 잃고 바다 위를 표류하게 된다. 고향인 이타케로부터 더더욱 멀어졌다. 다행히 죽을 운은 아니어서 여신 칼립소에 의해 구출된다. 그녀의 동굴은 환상적인 낙원이었다.

화로에는 불이 활활 타고 있고 잘게 쪼갠 삼나무와

향나무 장작이 타는 향기로운 냄새가 섬 전체에 진동했
다.
그녀는 안에서 고운 목소리로 노래를 불렀고
베틀 앞을 오락가락하며 황금 북으로 베를 짜고 있었다.
(호메로스, 『오뒷세이아』, 천병희 옮김, 숲, 2015, 134쪽)

　어디 그뿐인가. "속이 빈 동굴 둘레에는 포도나무 덩굴
이 무성하게 뻗어 있고" "맑은 물의 샘 네 개가 나란히 흐르
고 있었"으며, "제비꽃과 셀러리가 만발한 부드러운 풀밭으
로 둘러싸여 있어" 불사신이라도 감탄하지 않을 수 없었다.
그뿐인가. 그녀의 얼굴과 몸매는 더할 나위 없이 아름다웠
으며, 그녀는 오뒷세우스에게 영원히 늙지도 죽지도 않는
불사를 약속했다. 부(富)와 미(美)와 수(壽), 인간이 누리고
싶은 모든 욕망이 충족되는 신들의 거처! 누구나 도달하고
싶은 복락의 유토피아!
　그 황금의 땅에서 오뒷세우스는 눈물과 신음의 나날
을 보낸다. 귀향에 대한 열망 때문이다. 하지만 그게 전부는
아니다. 그는 이제 더 이상 여신 칼립소가 마음에 들지 않
는다. 쉽게 말해 권태에 빠진 것이다. 그렇다! 낙원은 권태
롭다. 괴로움도 없지만 성취감도 없다. 오뒷세우스는 그 안

락한 무력감에서 탈출하고 싶다. 동굴에서 바다로! 동굴에는 복과 낙이 넘치지만 바다에는 파도와 고난뿐이다. 게다가 그가 돌아가고자 하는 고향도 난장판이다. 아내인 페넬로페의 구혼자들이 떼거리로 몰려들어 날마다 자신의 재물을 약탈하고 있고 '온화한 아버지'처럼 통치했건만 그의 백성들 중에 그를 기억하는 사람은 아무도 없다. 아들 텔레마코스는 자신의 생사를 확인하기 위해 길 위를 떠돌고 있다. 그럼에도 오뒷세우스는 귀향길에 오르고자 한다. 왜? 그것이 인생이니까. 인생이란 유토피아를 향해 가는 것이 아니라 유토피아로부터 탈주하는 것이고, 해피엔딩이 아닌 네버엔딩의 망망대해를 항해하는 것이므로. 그 바다 위에서 숱한 괴물을 만나고 생고생을 겪는다 할지라도. 전쟁이 약탈과 에로스의 치명적 결탁이라면 귀향은 그 대책 없이 불타던 열정을 거두고 다시 자신에게로 돌아오는 여정이다. 『일리아스』에선 이기고 빼앗기 위해 떠났다면, 『오뒷세이아』에선 버리고 비우기 위해 떠난다. 전쟁에도 이유가 없었지만, 귀향에도 이유는 없다. 펼쳤으니 거두어야 하고, 나아갔으니 돌아가야 하는 것일 뿐! 여름에서 가을로 변환하는 '우주의 대혁명'이 바로 이것이다.

　『오뒷세이아』를 읽고 그에 대한 글을 쓰는 동안 나 또한 여행 중이었다. 2016년 5월 약 3주에 걸쳐 감이당 동료들과 뉴욕에 머물렀다. 관광과 휴식이 아니라 '공부와 우정'을 모토로 한 새로운 네트워크를 실험하기 위해서였다. 걱정 반 설렘 반으로 잔뜩 긴장하고 갔는데, 정작 우리가 부딪힌 장벽은 날씨였다. 초여름인데도 8도 안팎을 오가는 한기가 엄습한 탓이다. 거리에는 털조끼를 걸치거나 심지어 가죽 파카를 입은 이들까지 있었다. 헌데, 그 와중에도 버스 안에선 에어컨이 돌아갔다. 떨다 못해 에어컨을 좀 줄여 달라고 하자, '버스 회사 방침'이라는 괴상망측한 답이 돌아왔다. 헐~ 이게 '뉴욕스타일'인가? 뉴욕이라고 하면 아주 세련되고 첨단의 도시가 떠오르겠지만 절대 그렇지 않다. 황당하고 불균등하고 모순투성이다. 어쩌면 그래서 그 수많은 인종과 문화가 역동적으로 공존하고 있는지도 모르겠다. 아무튼 이렇게 뉴욕에서 초여름 한파를 겪는 동안 인터넷을 보니 그 시간 한국은 때 이른 폭염에 시달리고 있었다. 맙소사! 넘치거나 모자라거나!

오뒷세우스의 여정도 그러했으리라. 제우스는 애시당초 그에게 "참혹한 귀향"을 선사하기로 작정했다. 반면, 그의 딸이자 전쟁의 신인 아테네는 오뒷세우스를 물심양면으로 돕는다. 비참한 시련을 주는가 하면 한량없는 은혜를 베풀고, 자비와 무자비 사이를 정신없이 오간다. 더 황당한 건 도무지 기준이 없다는 것. 즉, 신들은 선하건 악하건 "모든 인간들에게 마음 내키시는 대로" 행운과 불행을 선사한다. 인간의 리액션 또한 만만치 않다. 입으로는 늘상 신을 떠받들면서도 여차하면 오만과 탐욕을 드러내기 바쁘다. 신과 인간 사이의 끊임없는 밀당! 이것이 이 서사시의 기본콘셉트이다. 그런 점에서 오뒷세우스가 겪는 시련들─퀴클롭스의 폭력, 키르케의 마법, 세이렌 자매의 유혹, 하데스의 지옥 등─은 일종의 '자업자득'이다.

물론 그럼에도 그는 귀향의 여정을 멈추지 않는다. 그리고 마침내 돌아온다. 이 '미션 임파서블'을 가능케 한 것은 다름 아닌 '환대의 윤리'다. 여신 칼립소의 낙원을 벗어나 사방을 표류하다 그가 도달한 곳은 파이아케스족의 나라. 일본 애니메이션 〈바람계곡의 나우시카〉의 그 '나우시카'가 바로 이 나라의 공주다. 그녀는 오뒷세우스에게 먹을 것을 주고 목욕을 시켜 주고 올리브유를 발라 준다. 그녀의 아버지이자 이 나라의 왕인 알키노오스는 열렬한 환영파티를 베푼 다음 귀향에 필요한 모든 것을 마련해 준다.

이 나그네가 비록 머나먼 곳에서 왔다 하더라도

우리의 호송으로 아무런 노고도 고통도 없이

즐겁게 빨리 고향 땅에 닿을 수 있도록 말이오.(『오뒷세

이아』, 179쪽)

그에 부응하여 신하들은 옷과 청동, 황금 등 최상의 보물들을 '바리바리' 싸 준다. 트로이전쟁의 승리로 챙긴 전리품보다 더 많은 양이란다. 오, 이 지극한 환대라니! 주인공에 대한 편애가 심한 것 아닌가? 그렇지 않다! 놀랍게도 이런 환대는 모든 나그네에게 적용되는 윤리다. 왜? "나그네와 걸인들은/제우스께서 보내신 것이니까." 요컨대, '나그네는 신의 선물'이라는 것. 그러니 신을 영접하듯 온갖 정성을 다해야 마땅하다.

그러고 보니 '환대의 윤리'는 이 서사시 전체를 관통하는 기저음이었다. 여신 칼립소와 요정 키르케가 오뒷세우스에게 베푼 '대책 없는' 사랑도 그렇거니와 그의 아들 텔레마코스가 바다를 떠돌 때 가는 곳마다 극진한 대접을 받은 것 역시 같은 맥락이다. 반대의 사례도 있다. 거인족 퀴클롭스의 나라에 갔을 때, 오뒷세우스는 당당하게 주장한다. '우리는 제우스와 동행하는 손님들'이라고. 그러니 잘 대접해야 한다는 뜻이다. 거인족은 그의 제안에 코웃음을 친다. 자

신들이 '제우스보다 더 강력하기' 때문이라나. 요컨대, 신을 섬기지 않는 이들에게 나그네란 그저 '먹잇감'에 불과하다. 한편, 고향 이타케에서 페넬로페의 구혼자들이 저지르는 가장 큰 죄악도 나그네로 돌아온 오뒷세우스를 경멸하고 모독했다는 점이다. 그렇다! 나그네를 섬기지 않는다면 그건 둘 중 하나다. 야만인이거나 악인이거나. 그래서 또 헷갈린다. '신의 책략'으로 이국땅을 떠돌며 갖은 고생을 다 했는데, 그 신으로 인해 낯선 곳에서도 지극한 환대를 받으니 말이다. 하긴 이거야말로 신과 인간 사이의 고도의 밀당이 아닐지. '시련과 행운은 늘 함께 온다'는 믿음의 발로이기도 하고.

문명론적 차원에서도 의미심장하다. 고대 그리스인들의 삶은 기본적으로 전쟁과 약탈에 근거한다. 이 과격하고도 폭력적인 리듬을 제어하기 위해선 두 가지가 필요하다. 하나는 일상적으로 행해지는 희생제의, 다른 하나는 나그네를 환대하는 증여의 경제학. 그렇게 하지 않으면 약탈과 증식의 '미친 소용돌이'에 휩싸여 결국 문명 전체를 파괴하고 말 테니까.

바야흐로 연 10억 명 이상이 이동하는 시대다. 모두가 서로에게 나그네이자 길손이 된 셈이다. 그렇다면 지금이야말로 '소유와 증식'이라는 자본의 블랙홀에서 탈주할 수 있는 절호의 찬스가 아닐까. "나그네는 신의 선물"이라는 '오래된 지혜'에 시선이 꽂힌 이유다.

덧붙이면, 그때의 여행으로 뉴욕에 작지만 소박한 '공부모임'이 만들어졌다. 길 위에서 '환대의 윤리'를 생생하게 확인한 셈이다. 그 감동과 경이는 "오뉴월 한파"로 인한 '생고생'을 한 방에 날려 버렸다.

"꿈과 현실이 둘이 아닌 것을"

김만중, 『구운몽』

여름의 열기가 잦아들고 가을바람이 불기 시작하면 사람들은 문득 시간이 흘렀다는 사실을 자각하게 된다. 그러다 겨울이 오고 연말이 되면 사람들은 모두 시간철학자가 된다. 시간에 대한 사유와 담론이 폭발적으로 늘어나는 것이다. 시간은 늘 가고 온다. 헌데 왜 늘 가을에서 겨울로 이어지는 시간들은 남다르게 다가올까? 일 년이라는 마디가 주는 감회 때문이리라. 시간은 무심하게 흐를 뿐인데, 인간은 그 흐름에 리듬을 부여하고 또 이름을 붙인다. 12개월, 24절기, 72절후 등 이런 단위들이 모여 일 년이라는 시간이 탄생한다. 그리고 그걸 바탕으로 인생과 역사를 헤아리는 좌표로 삼는다. 그래서인가. 평소엔 별 생각이 없다가도 해가 바뀔 때쯤이면 문득 장탄식이 쏟아진다. '아니 벌써'?! 혹은 '아 세월의 덧없음이여!'와 같은.

하지만 이런 탄식들에는 깊은 함정이 도사리고 있다. 만약 시간이 흐르지 않는다면 우리는 이 팍팍한(혹은 지겨운) 세월 안에 꼼짝없이 갇혀 버리게 될 것이다. 그렇다면 세월의 무상함은 아쉬움의 대상이 아니라 오히려 구원처가 아닐까. 하지만 사람들은 그렇게 생각하지 않는다. 뭔가 더 얻고 누릴 것이 있는데, 마치 세월이 그걸 앗아 가는 것처럼 여기는 것이다. 물론 이율배반이다. 시간이 흐르지 않는다면 아무것도 얻을 수 없고 누릴 수 없으므로. 그럼에도 이런 식의 이율배반을 포기하지 않는 건 시간의 서사를 거부하면서 욕망은 극대화하고 싶기 때문이다. 삶의 서사에서 일탈한 욕망, 그것은 쾌락의 법칙에 종속되어 버린다. 우리는 아주 오랫동안 그것을 일러 '꿈'이요 '희망'이라 불러 왔다. 그리고 이 꿈의 질주에는 브레이크가 없다. 다다익선! 그렇다면 대체 얼마큼의 부가 있어야 만족하게 될까? 그 부로 대체 무엇을 누리고 싶은 것일까? 또 그렇게 한바탕 즐기고 나면 과연 세월의 덧없음에서 자유로워질까? 오랫동안 잊고 있었던『구운몽』을 다시 읽게 된 건 이런 맥락에서다.

『구운몽』(九雲夢)은 숙종 때의 문호 서포 김만중(西浦 金萬重, 1637~1692)이 쓴 고전소설로 낭만주의의 최고봉으로 꼽히는 작품이다. 제목이 암시하듯, 한 명의 사내와 여덟 명의 여인이 펼치는 일장춘몽(一場春夢)을 다루고 있다. 형산 연화봉에서 설법을 하던 육관대사 밑에 성진이라는 청년이 있었다. 외모도 비범하고 총명과 지혜가 뛰어난 소위 '엄친아'였다.

　춘삼월 호시절에 대사의 심부름으로 용궁엘 갔다. 용왕이 주는 술 석 잔을 마시고 발그레한 얼굴로 돌아오다 외나무다리에서 8선녀와 마주친다. 요즘으로 치면 최고의 '걸그룹'을 만난 셈이다. 한 명도 아닌 무려 여덟 명의 미인을 만났으니 어떤 사내인들 마음이 동하지 않으리오. 게다가 8선녀 역시 춘흥에 겨워 대담하게 성진을 희롱한다. 성진이 희롱에 장단을 맞추느라 "복숭아나무 꽃가지를 하나 꺾어 선녀들 앞으로 던지자 가지에 달린 꽃송이들이 갑자기 맑은 구슬 여덟 개로 변하였다". 그러자 "8선녀는 저마다 한 개씩 받아 가지고 눈웃음을 짓더니 문득 몸을 솟구쳐 구름을 타고 하늘 높이 훨훨 날아갔다". 성진이 돌아와 빈방에 홀로 앉아 있노라니 "선녀들의 옥같이 맑은 목소리가 귀에 쟁쟁하고 꽃 같은 얼굴들이 수줍은 눈길로 추파를 던지는 듯 마음이 황홀하여 진정하지 못했다". 황홀경은 번뇌와 망상의 원천이다. 하여, 한번 마음이 동요하는 순간 십 년 공부 도로아미타불이다. 그 즉시 지상으로 떨어져 양소유로 태어났다. 8선녀도 역시 마찬가지. 그리고 이어지는 여덟 가지의 로맨스! 이게 소설의 기본줄거리다.

아마 남성들은 생각만 해도 가슴들이 뛰시리라. 가는 곳마다 자신을 기다리는 여인들이 있고, 그녀들은 한결같이 양소유에게만 몸과 마음을 허한다. 그녀들은 눈부신 외모에 가무와 시, 거문고와 검 등 온갖 재능의 화신들이다. 양소유의 카리스마야 말할 나위도 없다. 과거 급제는 '떼어놓은 당상'에 문무겸비로 반란의 무리들을 간단히 제압하고 오랑캐와의 전쟁도 거뜬히 해결해 낸다. '도대체 못하는 게 뭐야?'라고 묻고 싶어진다. 승상의 지위에 오른 것은 물론 두 명의 공주를 아내로, 여섯 명의 낭자를 첩으로 삼는 쾌거(?)를 이룬다. 일부다처제가 누릴 수 있는 최고의 영광을 차지한 셈이다.

김만중의 또 다른 작품으로 『사씨남정기』가 있다. 『구운몽』과 쌍벽을 이루는 고전인데 내용상으로는 완전히 대비된다. 여기서는 본처인 사씨가 첩인 교씨한테 밀려나 남쪽으로 추방당한다. 사씨가 인현왕후, 교씨가 장희빈에 해당한다고 할 정도로 당시 정치적 상황과 긴밀히 연동된 작품이다. 결론은 예상하는 바와 같다. 현모양처의 상징인 사씨가 온갖 고난 끝에 화려하게 컴백하여 악랄하고 음란한 첩 교씨를 단죄하는 것이 대단원이다. 장희빈이 축출되고 인현왕후가 복귀하는 것에 상응하는 결말이다. 이것이 일부다처제가 직면한 리얼한 현장이라면,『구운몽』의 2처 6첩은 막장 중의 막장을 연출하지 않을까, 싶겠지만 오 노~!

두 공주와 여섯 낭자의 단란한 즐거움이, 마치 고기가 물에서 노닐며 새가 구름 위를 날듯이 서로 따르고 서로 의지하여 형제 같았다. 더욱이 소유의 애정이 고르니 모든 낭자의 부덕이 온 집안의 화기를 이루었다.(김만중, 『구운몽』, 림호권 고쳐 씀, 보리, 2007, 270쪽)

8명이 모두 형제 같고, 양소유의 애정이 고르다고? 이게 대체 어떻게 가능해? 이거야말로 낭만적 판타지의 극치다. 그렇다. 애시당초 이 작품의 콘셉트는 현실이 아니라 꿈이다. 인간이 상상할 수 있는 부귀영화에 대한 꿈! 자, 원하는 건 무엇이든 얻었다. 2처 6첩에 문무겸전에 더 이상 올라갈 곳이 없다. 이젠 누리기만 하면 된다. 그렇다면 이들이 누리는 부귀영화의 구체적인 내용은 무엇일까? 엄청난 대저택에 화려한 파티, 대규모의 풍류와 사냥, 한마디로 오감의 즐거움을 극대화하는 것이 그것이다. "매양 물가에 찾아가 낮에는 낚시질이요, 밤에는 물에 비낀 달빛을 감상하였다. 또 골짜기에 들어서는 매화를 찾고, 돌벼랑 앞을 지날 때면 글을 지어 쓰며, 솔 그늘에 앉으면 거문고를 안고" 탔다. 처음 술로 맺어진 인연이라 그런가. 이후에도 함께 누릴 수 있는 복락은 크게 달라지지 않았다.

하긴 우리 시대의 꿈도 크게 다르지 않다. 부귀가 우리에게 주는 것은 값비싼 술과 기름진 음식, 그리고 아름다운 여인들. 그들과 함께 즐기는 각종 이벤트! 단도직입으로 말하면 주·색·잡기다(주색잡기를 좀 고상하게 즐기면 그걸 일러 '교양' 혹은 '문화'라고 부른다). 요컨대, 주색잡기를 맘껏 누릴 수 있는 것. 이것이 꿈을 이룬 뒤에, 곧 성공의 대가로 우리에게 주어지는 구체적 일상이다.

그런 점에서 『구운몽』은 '꿈의 고고학'이다. 예나 이제나 사람들은 부귀공명을 꿈꾼다. 그런데 그렇게 말하면 뭔가 그럴싸하게 보인다. 그래서 그 심층을 더 파고 들어가야 한다. 그러고 나면 뭐 어떻게 사는 건데? '산정은 심연'이라는 말이 있듯이, 저 높은 산정까지 오르게 한 욕망의 심연을 탐사하는 것, 그것이 고고학일 터. 『구운몽』의 인물들은 바로 우리가 원래 무엇을 원하고 있는가를 아주 리얼하게 보여 준다. 누리고 누리고 또 누리고… 그다음엔?

인생의 후반기에 접어든 어느 해, 팔월 열엿새 생일날, 잔치의 흥과 웃음이 절정에 이른 순간, 양소유가 문득 지는 해를 보며 옥퉁소 한 곡조를 부른다. "퉁소 소리 몹시 서글 퍼 마치 애원하는 듯, 그리워 흐느끼는 듯, 하소연하는 듯하여 모든 미인의 가슴이 또한 미어지는 듯 처량한 마음을 이기지 못하여 한숨을 길게 쉬었다." 대체 왜? 늙어서? 죽음이 임박해서? 더 세게 누리고 싶어서? "우리가 한번 죽어 돌아가면 높은 누각은 스스로 넘어지고 깊은 연못도 스스로 메워져 오늘 춤과 노래와 술잔을 기울이던 터전이 변하여 쇠잔한 풀포기와 찬 연기가 떠돌게 될 것이외다." 한마디로 인생이 덧없다는 것.

허, 참 이상하다. 이렇게 많은 것을 누린 사람도 결국엔 인생무상이라는 건가? 그 지극한 부귀공명도 세월의 덧없음에서 벗어날 수 없다는 뜻인가? 그토록 지고한 쾌락도 이 무상감 앞에선 한낱 먼지에 불과하단 뜻인가? 그렇다! 여기가 바로 『구운몽』의 하이라이트다.

부귀를 이루기 위해 사람들은 참으로 많은 것을 희생

한다. 청춘도 휴식도 우정도 지성도. 그런데 그 부귀의 절정에는 무엇이 있는가? 주색잡기와 인생무상! 더 디테일하게 말하면, 오감을 극대화하기, 그다음에 오는 깊은 상실감! 허, 이런 허무할 데가! 그럼 이렇게 반문할지도 모르겠다. 어차피 인생은 허무한 것이니 쾌락이라도 실컷 누리고 싶다고. 코인, 부동산, 로또 등 버블경제가 사람들의 영혼에 심어 준 한바탕 꿈이다.

그럼 다시 묻자. 대체 얼마큼 누려야 이젠 충분해, 라고 할 것인가? 과연 그런 단계가 있기나 할까? 쾌락이란 바닷물을 마시는 것과 같아 누리면 누릴수록 더 목마르게 되는 법인데…. 어떤 쾌락주의자도 양소유보다 더 많이 누리기란 불가능하다. 그런 양소유도 결국 세월 앞에선 무너져 버렸다.

그런데 잠깐! 이 명제에는 아주 치명적인 모순이 담겨 있다. 인생과 쾌락을 등가화해 버리는 것이 그것이다. 모두가 부귀와 쾌락을 향해 달려가다 보니 삶이 오직 그것뿐이라는 전도망상이 일어난다. 그러고는 이렇게 외쳐 댄다. 인생은 허무하다고, 세상은 참으로 덧없다고. 하지만 덧없는 건 인생 자체가 아니라 부귀공명과 쾌락에의 꿈이 아닐까?

사실 현대인들은 양소유보다 더 '쎈' 부귀영화를 누린

다. 문명의 고도화로 일상의 모든 것을 기계가 다 해결해 줄 뿐더러 스마트폰 안에 들어가면 화려한 스펙터클, 감미로운 음악, 박진감 넘치는 게임, 섹시한 가무 등 양소유가 부귀의 절정에서 누렸던 것들이 다 있다. 그런데 왜 만족감이 없는가? 이미지가 아니라 현실에서 그것을 이루고 싶어서? 그렇다면 우리 시대 부유층들은 다 구원받아야 마땅하다. 하지만 유감스럽게도 그렇지가 않다. 양소유가 그랬듯이 엄청난 부귀와 쾌락을 누리는 이들 역시 존재의 참을 수 없는 외로움과 허무함에 직면할 수밖에 없다. 그것이 곧 부귀와 쾌락의 숙명이다.

쾌락의 절정에서 깊은 허무와 마주한 양소유는 다시 성진으로 돌아간다. 성진은 말한다. 이제 비로소 꿈에서 깨어났다고. 이어지는 육관대사의 호통.

"네 흥을 타고 갔다가 흥이 다하여 돌아오니 내 무슨 상관이 있겠느냐. 또 네가 인간 세상에 살던 일을 꿈꾸었다 하면서 네 꿈과 세상일을 나누어 둘로 갈라보니 네 꿈이 아직도 깨지 못하였도다."(『구운몽』, 282쪽)

이건 또 뭔 반전인가? 삶과 꿈이 다르지 않다고? 보통 인생이 한바탕 꿈이라고 할 때 여기서 '꿈'은 삶을 온통 부정하는 벡터가 된다. 불교가 종종 허무주의로 간주되는 이유이기도 하다. 그렇게 되면 늘 이분법에 직면하게 된다. 꿈을 택할 것인가? 아니면 현실을 택할 것인가? 산정으로 숨을 것인가? 아니면 세속으로 들어갈 것인가? 꿈과 현실, 산정과 세속, 양극단 사이에서 하나를 택해야 한다. 하지만 깨달음의 길에 이분법 따위는 없다. 모든 이원론이 사라진 세계, 그것이 깨달음이고 열반이기 때문이다. 고로 생과 사, 차안과 피안, 성과 속은 서로 다르지 않다. 부처와 중생이 둘이 아닌 것도 같은 이치이다.

성진은 아직 이것을 깨닫지 못한 것이다. 세속적 욕망을 향해 달려갈 때는 양소유가 되었고, 이제 다시 성진이 되어서는 세속적 욕망을 송두리째 부정하고 있는 것이다. 하지만 앞서도 밝혔듯이 허무한 건 삶이 아니라 쾌락에 종속된 그 헛된 망상들일 뿐이다. 중요한 건 망상으로부터의 해방이지, 세속에 있느냐 아니면 출세간에 있느냐가 아니다. 그 망상에 휘둘리지 않을 수 있다면, 자기가 서 있는 그곳이 곧 깨달음의 현장이다. 하여, 인간이 꿀 수 있는 꿈은 실로 무한하다. 부귀영화(실제로는 주색잡기)라는 꿈에서만 깨어날 수 있다면! 서로 다른 꿈들의 향연, 그것이 곧 인생이다.

삶과 꿈이 둘이 아니라는 건 이런 의미이리라. 그걸 깨치지 못한다면 성진은 다시금 미혹에 떨어질 것이고 또다시 부귀공명의 꿈속을 헤매게 될 것이다.

올해도 어김없이 가을이 오고 또 겨울이 올 것이다. 다시 또 세월의 덧없음에 몸서리치지 않으려면, 부디 낯설고 새로운 꿈의 형식을 창조해 볼 일이다. 세월의 무상한 흐름 앞에서 속절없이 무너지지 않을 그런 꿈들을!

'손오공 밴드'가 서쪽으로 간 까닭은?

오승은, 『서유기』

몇 해 전 '소수민족 의학 기행'의 일환으로 중국 윈난성(雲南省)을 다녀왔다. 덕분에 다리(大理)의 호수, 리장(麗江)의 고성, 동파문자(東巴文字: 윈난성의 나시족西族이 사용하는 상형문자), 장이머우(張藝謀)의 〈인상리장〉(印象麗江) 등 소수민족의 문화를 다방면으로 체험할 수 있었다. 그중에서도 압권은 '호도협 트래킹'이었다. '호도협'(호랑이가 뛰어오른 협곡)은 '차마고도'로 알려진 그곳이다. 윈난성의 중심 도시인 리장, 그 경계에 우뚝 솟아 있는 옥룡설산과 하마설산, 그 사이를 연결하는 협곡이 호도협이다. 이름에 걸맞게 거칠고 역동적인 코스다. 동강 트래킹이나 제주 올레길 정도를 연상하며 참가했다가 정말, 죽는 줄 알았다. 해발 3천 미터가 넘는 고산지대인 데다 트래킹이라 하기엔 오르막길이 너무 많았다. 마지막 죽음의 코스가 '28밴드'다. 가파른 오르막길을 스물여덟 번 돌아가도록 한 코스다. 설상가상으로 당시 관절염에 몸살을 앓던 중이라 컨디션이 최악이었다. 협곡 아래는 아득한 낭떠러지고, 그 밑으론 진샤강의 급류가 흐른다. 맞은편엔 옥룡설산 13개 봉우리(해발 5천 미터)가 우뚝하다. 헐~ 그야말로 오도 가도 못하는 형국! 후회했지만 이미 늦었다. 퇴로는 없다. 또 누구도 대신해 줄 수가 없다. 그때 문득 떠오른 생각. 이것이 인생이로구나. 추락도 비상도 허용하지 않는, 한 걸음을 내딛는 것 말고는 달리 방도가 없는 길! 그 당시 『서유기』를 읽고 쓰던 차라 더더욱 그런 생각이 들었던 것 같다.

중국 사대기서(四大奇書) 중의 하나인 『서유기』는 구법과 모험의 판타지다. 주인공은 삼장법사와 요괴 출신의 세 제자들(손오공, 저팔계, 사오정). 가야 할 곳은 서천 영취산에 있는 뇌음사. 목적은 석가여래를 만나 뵙고 불경을 구해 와서 중생을 구제하는 것. 거리는? 십만 팔천 리! 거리도 거리지만 도처에 '스펙터클하고 럭셔리한' 요괴들이 득시글거린다.

(사오정) "형님, 뇌음사까지는 얼마나 멀어요?"

(손오공) "십만 팔천 리야. 아직 십분의 일도 못 왔어."

(저팔계) "형님, 몇 년이나 걸어야 도착할 수 있을까요?"

(손오공) "이 길은 두 동생들이라면 열흘 정도면 갈 수 있지. 나라면 하루에 쉰 번 가는 것도 어렵지 않아. 해 떨어지기도 전에 말이야. 사부님이라면… 아휴! 생각도 말아야지."

(삼장법사) "오공아, 언제쯤이면 도착할 수 있겠냐?"

(손오공) "사부님이 어릴 때부터 노인네가 될 때까지, 아니 늙은 다음 다시 어려지고, 그게 수천 번 된다 해도 거기 도착하긴 어려워요. 다만 사부님께서 지성으로 깨달으시고 한마음으로 돌아보신다면, 그곳이 바로 영취산일 겁니다."(오승은, 『서유기 3』, 서울대학교서유기번역연구회 옮김, 솔, 2004, 115쪽)

맙소사! 이런 어이없는 여행이 있나. 해서 저팔계가 다시 묻는다. "형이 사부님을 업고 고개를 _끄덕끄덕_ 허리 한 번 굽혔다 펴서 강을 건너가면 될 거 아냐? 왜 고생고생하며 그 요괴놈과 싸우려는 거야?" 손오공의 답변. "내 근두운도 그래 봤자 똑같은 구름이야. 좀더 멀리 갈 수 있을 뿐이지. 너도 무거워서 태울 수 없는 걸 낸들 어떻게 태우겠어? 옛말에 '태산을 움직이기는 겨자씨처럼 가벼워도, 보통 사람을 데리고 속세를 벗어나기는 어렵다'라고 하지 않더냐. (……) 사부님은 낯선 여러 나라를 몸소 다녀야만 고해를 초탈할 수 있지. 그래서 '한 발자국씩' 힘들게 가시는 거야. 너와 내가 할 수 있는 건 오직 사부님을 보호해서 몸과 생명을 위태롭지 않게 하는 것일 뿐, 이런 고통을 대신할 수도, 경을 대신 가져다드릴 수도 없어. 설사 우리가 앞질러 가 부처님을 뵌다 해도 우리에겐 경을 내주려 하지 않으실걸?"(『서유기 3』, 68쪽) 요컨대, 구법(求法)이란 삼장법사의 '느려 터진' 속도로 '온갖 고난'을 겪으면서 '한 걸음씩' 가는 것이다. 그 걸음과 더불어 마음이 움직인다. 마음이 움직이면 거리 또한 움직인다. 걸음과 마음이 함께 가야 도달할 수 있는 곳이 서천이다.

구법이라는 원대한 주제임에도 『서유기』는 유쾌발랄하다. 삼장법사가 주연이긴 하나 실제로 종횡무진 활약하는 건 손오공이다. 삼장법사는 주로 납치되어 '눈물을 짜는' 역할이 대부분이다. 그때마다 손오공이 천지사방을 휘젓고 다니며 맹렬하게 사투를 벌인다. 해서 이 팀은 '삼장법사 밴드'가 아니라 '손오공 밴드'라 해야 맞다. 다소 모자라지만,

저팔계와 사오정도 나름 술법의 고수들이다. 그래서 또 궁금하다. 그렇게 '잘난 놈'들이 왜 이런 '겁쟁이'에다 '늙다리 사부'인 삼장법사를 따라가는 거지?

손오공은 분노의 화신이다. 능력이 대단한 만큼 그걸 쓰지 못해 안달한다. 요즘 말로 치면 분노조절장애, 혹은 폭력중독이다. 자신이 조절할 수 없는 능력을 가졌다는 건 치명적이다. 왜? 그 능력의 노예가 될 테니까. 한편, 저팔계는 식욕과 성욕의 화신이다. 월궁 항아를 희롱한 죄로 돼지의 태에 들어가는 바람에 외모도 좀 '거시기'해졌다. 여자를 보면 일단 침부터 나오는 데다, 채식을 하는데도 한 끼에 서너 말을 후딱 먹어치운다. 그의 행태를 볼작시면, 먹방과 야동이 범람하는 우리 시대의 초상이 그대로 겹쳐진다. 사오정도 하늘나라에서 잘나가는 장군이었는데, 한순간의 방심으로 유사하의 요괴가 되었다. 방심, 곧 정신줄 놓는 것이 그의 특징이다. 『서유기』의 애니메이션 버전인 허영만 화백의 〈날아라 슈퍼보드〉에서 말귀를 못 알아듣고 다소 '쩔은 듯한' 목소리로 동문서답을 해대는 캐릭터로 변주된 것도 그와 무관하지 않다. 말하자면, 이들 세 제자는 '탐진치'(貪瞋癡)의 화신들이다. 저팔계가 탐심(탐욕), 손오공이 진심(분노), 사오정이 치심(어리석음). 말하자면, 이들은 인간의 근원적인 욕망과 무지를 대변하고 있다. 하여, 구법이란 이 '탐진치로부터의 해방'을 의미한다.

그래서 길을 나서야 한다. 그리고 그것은 철저히 삼장법사의 속도여야 한다. 그래야 탐진치를 덜어 낼 수 있으므로. 당연히 길은 험하고 요괴는 끊임없이 출몰한다. 동·식물, 곤충의 정령에서 여인국의 여왕, 도력이 높은 도사들에 이르기까지, 한마디로 세상 모든 것이 다 요괴다! 이들이 원하는 건 단 하나. 삼장법사의 몸이다. 삼장법사는 열 세상을 윤회하면서 원양(元陽)을 보존한 수행자로 그의 몸을 '먹으면' 불로장생이 가능하다. 불멸에의 꿈, 이것이야말로 '탐진치'의 절정이다. 우주는 쉼임 없이 운행하는데 그 운행을 멈추게 하겠다는 뜻이니까. 그럼 그걸 이룬 다음엔 어떻게 사는가? 부귀영화를 누린다. 그럴싸해 보이지만 그 내용을 따져 보면, '식욕과 성욕을 만끽하면서 약자들 위에 군림하는 것'에 지나지 않는다. 그 '허접한' 코스를 열나게 뛰다 보면 다들 요괴가 된다. 세 명의 제자들이 밟았던 전철이기도 하다. 결국 요괴와 인간, 요괴와 수행자는 한끗 차이인 셈. 그러므로 이 여정은 궁극적으로 자신과의 싸움에 다름 아니다. 중생구제의 길 또한 거기에 달려 있다.

예전에는 손오공에 꽂혔지만 이번에는 저팔계가 남다

르게 느껴졌다. 저 지독한 식욕, 성욕을 안고서 그 머나먼 길을 가다니. 꼼수를 부리다 손오공한테 맨날 깨지면서도 일행의 모든 짐을 짊어지고 끝까지! 간다. 그래서 솔직히 '감동 먹었다'. 저팔계도 가는 길이라면 나도 갈 수 있지 않을까. 아니, 그래야 하지 않을까. 호도협 트래킹 때의 내 몸이 딱 그랬다. 오, 그 참을 수 없는 존재의 무거움이라니! 하지만 결국은 그 코스를 통과했다. 달리 방도가 없었기 때문이다. 돌이켜 보면 6시간이 넘는 대장정이었지만, 실제로 내가 한 건 단 한 걸음이었을 뿐이다.

『서유기』의 원천은 현장법사의 여행기인 『대당서역기』다. 물론 거기에는 요괴들과의 현란한 싸움 같은 건 없다. 현장법사의 눈에 비친 이국의 풍경들이 담백한 어조로 그려져 있다. 하지만 당시로선 그것만으로도 사람들의 상상력을 엄청나게 자극했을 것이다. 그 상상력의 '빅뱅'(대폭발)이 바로 『서유기』다. 현장법사에 대해 알고 싶으면 『현장 서유기』(첸원중 지음, 임홍빈 옮김, 에버리치홀딩스, 2010)를 추천한다. 중국 CCTV에서 강의한 내용을 정리한 것으로 현장법사가 겪었던 모험과 그의 일대기가 박진감 있게 펼쳐진다. 열세 살의 나이에 불문에 귀의하고, 스물여덟 살에 도망자 신세로 국경을 넘어 인도로 갔다. 19년 동안 구법의 순례를 했고, 당나라로 돌아와 19년 동안 불경을 번역하다 생을 마쳤다. 참으로 위대하고 단순하다. 아니, 단순하기에 위대하다. 삼장법사와 그 제자들, 특히 저팔계의 걸음이 그러했듯이.

'게의 걸음'으로 뒷걸음치라!

이반 일리치, 『과거의 거울에 비추어』

우연치고는 공교로웠다. 이 글을 쓸 즈음 아주 오랜만에 두 편의 영화를 한꺼번에 보았다. 〈은밀하게 위대하게〉와 〈설국열차〉. 솔직히 그닥 재미는 없었다. 대박영화라 기대치가 너무 높았었나 보다. 특히 후자의 경우, 위생권력에 대한 통렬한 풍자와 톡톡 튀는 대사들로 넘쳐났던 〈괴물〉에 비하면, 스토리 라인과 대사의 측면에서 너무 맹숭맹숭했다. 대신 나를 사로잡은 건 두 작품이 전하는 이념적 메시지였다. 블록버스터에서 재미는 못 보고 메시지를 읽다니, 이것도 반전이라면 반전이다.

알다시피 〈은밀하게 위대하게〉는 간첩을 다룬 영화고,

〈설국열차〉는 계급투쟁을 다룬 영화다. 냉전과 계급——20세기를 지배한 거대담론의 두 축이다. 소재가 소재인지라 영화의 3분의 1은 피 튀기는 액션 신이다. 그것도 조폭들의 엉성한 난투극이 아니라 총기와 도끼가 난무하는 '피바다'에 가깝다. 죽고 죽이고 또 죽고 죽이고… 그러다 결국 주인공들이 다 '멸망'하면서 막이 내린다. 하지만 아주 역설적으로 두 작품은 냉전과 계급투쟁의 종언을 고하고 있다. 〈은밀하게 위대하게〉의 간첩들의 꿈은 남도, 북도 아니다. 그토록 '위대한' 전사로 키워졌건만 그들이 원하는 건 '평범한' 이웃으로 살아가는 것. 〈설국열차〉는 한술 더 떠 제국을 박차고 나와 '땅을 밟고' 사는 것. 그 대지에선 소년과 소녀, 그리고 북극곰이 공존한다. 허, 이렇게 허망할 데가! 고작 여기에 도달하려고 그토록 엄청난 '살육전'을 치렀단 말인가. 하기사 대자본을 투자해 간첩공작과 계급투쟁을 다룬다는 것 자체가 이미 그 가치들의 덧없음을 증언하는 것일 테지만.

그렇다면 이제 이 비장하고 숭고한 표상들이 떠난 자리엔 무엇이 존재하는가? 제도와 서비스가 그것이다. 그것들을 추동하는 욕망의 수레바퀴가 상품과 화폐임은 말할 나위도 없다. 디지털의 도래와 함께 이것은 삶의 전 영역을 망라하게 되었다. 이제 사람들은 더 '은밀한' 케어, 더 '위대한' 힐링이 일상적으로 이루어지는 세계를 꿈꾼다. 자기 삶의 결정권을 완벽하게 헌납해 버린 것이다! 거대담론의 지배에서 벗어나자마자 존재 자체가 버블이 되어 버린 이 지독한 아이러니를 어떻게 이해해야 할까?

그 와중에 이반 일리치를 다시 만났다. 『과거의 거울에 비추어』(권루시안 옮김, 느린걸음, 2013)라는 책을 통해서다. 이반 일리치와의 인연은 멀리 대학시절(1980년대)로 소급된다. 야학 동아리를 통해 그의 사상을 접했는데, 그때 그의 책은 교육혁명의 대명사이자 마르크스주의로 가는 중간 교량쯤으로 간주되었다. 『학교 없는 사회』라는 그의 대표작은 『탈학교의 사회』라는 좀더 과격한 제목으로 번역되었고, 우리는 그 책을 시대적 요구에 맞춰 해석해 버렸다. 독재권력의 마수로부터 학교를 해방시켜야 한다, 지배이데올로기에 세뇌된 학생들을 '의식화'시켜야 한다는 식으로. 공교육의 확산을 교육의 진보로 간주하는 이념 역시 거기에서 도출되었다. 물론 왜곡이었다. 하지만 그 왜곡을 알아차릴 틈이 없었다. 80년 광주항쟁 이후 마르크스주의가 '밀물처럼' 들어오면서 이반 일리치는 빠른 속도로 잊혀졌다.

90년대 중엽 이후 다시 마르크스주의가 '썰물처럼' 빠져나가고, 동시에 공교육의 지반은 대폭 확장되었다. 학벌의 상향조정이 이뤄졌으며 학교의 시설과 서비스는 눈부실 정도로 향상되었다. 그때였다. 일리치가 문득 떠오른 것은. 과연 이것이 그가 제시한 교육혁명의 내용이었을까. 단언컨대, 그렇지 않다! 일리치는 말한다. "학교는 사람들을 체계적으로, 그리고 근본적으로 노예로 만든다." 그리고 이런 속성은 "파시즘적이든, 민주주의적이든, 사회주의적이든 또는 대국이든 소국이든, 부유하든 가난하든, 모든 나라에 있어" 거의 차이가 없다. 고로, 병원 수가 사람들의 건강상태가 얼마나 나쁜지를 보여 주듯이, 학교 수는 사람들이 얼마나 무지한지를 보여 주는 지표다. 요컨대, 그는 학교의 민주화와 평등을 주장한 게 아니라 학교라는 제도 그 자체를 문제삼았던 것이다. 『병원이 병을 만든다』, 『성장을 멈춰라!』, 『그림자 노동』 등의 저술들 역시 같은 맥락이다. 하지만 불행히도 그의 책들은 거의 절판되고 말았다(현재는 다수 재번역 출간됨). 한국의 지성계와는 인연이 영 박하구나, 라고 생각하던 차에 『과거의 거울에 비추어』가 번역되어 나온 것이다.

이 책은 1978년부터 1990년 사이에 일리치가 여러 단체에서 한 강연을 모은 것이다. "강연마다 저는 그 집단 내에서 분명 금기로 취급할 바로 그 개념이나 인식 또는 도덕적 확신에 논쟁을 부채질하는 것을 저의 임무로 보았습니다. 매번 저는 그 모임에서 내건 그 해의 구호를 비아냥거렸습니다."(『과거의 거울에 비추어』, 11쪽) 헐~ 이런 무모한 연사를 봤나. 그는 신부님이었다. 성직자가 평화를 선사하기는커녕 오히려 갈등을 부추기다니, 이보다 더 불온할 순 없다! 책의 첫머리를 장식하는 글이 「간디의 오두막에서」이다. "간디가 살았던 이 오두막보다 더 큰 곳을 원하는 사람은 몸과 마음과 생활방식이 초라한 사람입니다." "이들은 자기 자신을, 살아 있는 자아를 죽어 있는 구조물에게 내어준 것입니다."(앞의 책, 21쪽) 이렇게 시작하여 그의 사상적 탐사는 평화와 고요, 경제학과 축복, 부정가치와 엔트로피 등 전방위적으로 펼쳐진다. 투명하게 심오하게!

이번 저서에서 주목할 바는 다름 아닌 '과거라는 거울'이다. 근대적 표상의 근저를 파헤치기 위해 그는 12세기 중세의 교회를 탐구한다. "저는 앞으로 걸어가는 시선으로 과거의 순간을 쳐다보지 않으려 하며, 게와 같이 뒷걸음치는 시선으로 현재를 파악하고자 합니다."(같은 책, 273쪽) 게걸음으로 뒷걸음친다? 참 신선한 표현이다. 게걸음만으로도 충분히 더딘데, 거기다 뒷걸음이니 얼마나 더딜 것인가? 대체 왜 이런 방식을 취해야 하는 거지? 그래야만 "현재로부터 시선을 떼지 않을 수 있기" 때문이다. 또 그래야만 우리를 사로잡고 있는 이 "더할 나위 없이 자명한" 전제들이 어떤 상황에서, 어떻게 등장했는지를 탐사할 수 있다는 것. 이것이 일리치의 독특한 계보학이다.

그의 도발적 전언 몇 가지. 1949년 1월 10일, 개발이라는 단어가 등장한 이후 "인간은 곤궁에 빠진 동물"로 간주되었고 따라서 결핍을 느끼는 것이 곧 배움이 되었다. 할머니는 가정의 맥락에서 축출되어 경제적 노인, 곧 "자신의 침대 속에 입원된 이방인"이 되어 버렸다. 또 언어는 아주 비싼 상품이 되었고, 물은 영혼의 유동성을 비춰 주는 거울에서 한낱 H_2O로 전락하여 들어올 때는 상품으로, 나갈 때는 폐기물이 되어 버렸다. 하여 "역사상 가장 부유한 인류가 역사상 가장 무기력한 인간"이 될 것이다 등등.

게다가 놀랍게도 이 모든 것은 그리스도교의 왜곡에서 비롯되었다고 한다. "즉, 중세의 교회는 오늘날의 서비스 내지 복지국가가 성립되는 기초이며, 이 개념이 없다면 복지국가는 생각할 수 없"다. 즉, 그는 "그리스도교인이라는 토착 개념이 밀려나고 그 자리에 목사의 보살핌을 중심으로 조직되는 삶이 들어앉는 과정"을 '목격'한 것이다.(『과거의 거울에 비추어』, 179쪽)

언급했듯이, 일리치는 신부님이었고 뛰어난 학자이며 교육운동가였다. 하지만 그는 그 어디에도 머무르지 않았다. 교황청의 명령에 불복종하여 스스로 사제직을 버렸고, 대학의 부총장을 역임했지만 거리에서 교육운동을 조직했다. 또 CIDOC라는 '대안대학운동'을 조직했지만 10년 만에 자진해산을 선언하고 다시 길 위에 나섰다. 만년에 종양으로 고통받았지만 수술을 거부하고 침술과 아편, 자기수양 등으로 20년 이상을 버텨 냈다. 좌파와 우파 모두에게 비난과 경멸을 받았지만 자신의 표현에 따르면, 그는 단지 "헐벗은 마음으로 그리스도를 따르는"(앞의 책, 356쪽) 삶을 실천했을 뿐이다.

영화 이야기로 마무리를 하자. 간첩이 꽃미남에 달동네 바보가 되고, 계급투쟁의 대단원에 북극곰이 출현하는 영화를 보다니, 참 오래 살고 볼 일이다. 이 흐름을 주도한 건 일상(혹은 생명), 그리고 디지털이다. 그렇다면 이제 필요한 건 디지털의 유동적 바다와 그 바다를 항해할 수 있는 야생적 신체다. 앞칸을 향해 달려가는 것이 아니라 옆문을 부수고 나가 두 발로 땅을 딛고 북극곰과 더불어 살 수 있는! 그게 가능하려면 무엇보다 제도와 서비스, 욕망과 중독의 굴레에서 벗어나야 한다. 오직 스스로의 힘으로 생명의 자율성과 창조력을 길어 올려야 한다. 이반 일리치로 하여금 가장 급진적인 사유를 하도록 추동했던 그 원천, 곧 '게의 눈', 아니 '게의 걸음'을 터득해야 할 때다.

사드와 마조흐, 그리고 들뢰즈가 만나는 지점

<u>사드, 『소돔 120일』</u>

내게 있어 독서란 무의식에 기억의 지층을 하나씩 새겨 넣는 작업이다. 책을 덮는 순간 전체 내용은 몽땅 잊어버리지만, 몇몇 이미지의 편린들은 심층 깊숙이 하나의 지도를 그려 넣는다. 그런 점에서 책을 읽는다는 것은 책과 나 사이에 벌어지는 모종의 '사건'인 셈이다. 내가 '책'이 되고, 혹은 책이 '내'가 되는.

사건-하나

『소돔 120일』처럼 악명 높은 텍스트가 있을까? 사드라는 지극히 평범한 이름이 '사디즘'이라는 변태성욕 혹은 절대악의 표상으로 자리 잡게 된 데는 이 '소설 같지 않은' 소설의 악명에 힘입은 바 크다. 그런데 내가 기억하기로 이 작품만큼 불행한 텍스트도 드물다. 이 작품을 처음부터 끝까지 읽은 사람이 거의 없다는 점에서. 내 주변에 있는 쟁쟁한 독서가들조차 도입부 정도를 읽고 나면 대부분 역겨움(그리고 지겨움)을 견디지 못해 책을 던져 버린다.

그런데 나는 이 책을 차근차근 통독했을 뿐 아니라, 그 안에 펼쳐진 엽기적 변태의 파노라마를 보면서 때때로 형언할 수 없는 슬픔에 사로잡히곤 했다. 이렇게 말하면, 모두들 '변태 아냐?' 하는 표정을 짓는다. 변태와 정상 사이를 나눌 수 있는 기준이란 없는 법이니 군이 아니라고 변명할 것도 없지만, 대체 책을 읽는 행위와 성적 취향이 무슨 관계가 있단 말인가? 그 둘은 전혀 다른 신체활동인데.

『소돔 120일』에서 느낀 슬픔의 종류는 두 가지였다. 하나는 존재의 근원적 쓸쓸함에 대하여. 대체 인간이 얼마나 외로우면 그토록 무시무시하고 추악한 광기에 몸을 던지는 것일까? 다른 하나는 저 어두운 지하 감옥에서 이 책을 써 내려 갔을 사드라는 인물에 대하여. 대체 무엇이 그로 하여금 언어의 한계를 넘나드는 이 엄청난 행위들을 기록하게 한 것일까? 그에게 있어 글쓰기란 대체 무엇이었을까?

사건-둘

한국 고전문학을 전공하는 내가 『소돔 120일』이라는 엽기적인 텍스트를 접하게 된 건 순전히 들뢰즈의 『매저키즘』(마조히즘) 덕분이었다. 1998년이던가, 게릴라처럼 폭우가 쏟아지던 여름, 수유연구실이 당시엔 정말로(?) 수유리에 있었는데, 그때 몇몇 친구들과 들뢰즈를 읽는 세미나를 하게 되었다. 『매저키즘』(이강훈 옮김, 인간사랑, 2007)은 들뢰즈의 저서 가운데 가장 쉬우면서도 재미있는 텍스트였다.

들뢰즈의 말마따나 마조흐는 사드의 보완물이라는 임상의학적 편견의 희생자다. 흔히 사디즘을 뒤집으면 매저키즘이 된다고 생각한다. 그러나 사실은 전혀 그렇지 않다. 예컨대, 매저키스트가 길에서 사디스트를 만나 "때려줘"라고 하면, 사디스트의 대답은?——"싫어." 왜냐하면 전자가 계약에 입각해 있는 반면, 후자는 지배-복종의 관계에 기초하고 있기 때문이다. 맞고 싶은 상대를 때려서 쾌감을 느끼는 건 진정한(?) 사디즘이 아니라는 얘기.

들뢰즈는 이런 식으로 익숙한 통념을 뒤집으면서 마조흐의 독자적인 예술세계를 다양한 차원에서 펼쳐 보인다. 뒤에 붙어 있는 마조흐의 『모피를 입은 비너스』에는 환상과 서스펜스라는 마조흐의 미학적 진면목이 유감없이 발휘

되어 있다. 포르노그래피를 기대한 독자라면 배반감을 느낄 정도로 에로틱한 묘사라곤 찾아볼 수 없는데도 말이다. 그런데 아쉽게도 마조흐 작품 가운데 번역본은 이게 전부다. 사드의 명성에 가려진 마조흐의 불운은 지금도 계속되고 있는 셈인가?

사건-셋

마조흐에 대한 갈증을 해소하기 위해, 또는 들뢰즈의 텍스트를 더 잘 이해하기 위해 사드의 텍스트를 탐독해 가던 중, 사드의 단편집을 접하게 되었다——예기치 않은 행운! 『사랑의 죄악』(이형식 옮김, 장원, 1997)이라는 좀 '유치찬란한' 제목이 붙어 있는 이 작품집이야말로 나로 하여금 사드를 '사디스트'가 아닌, 한 사람의 작가로서 기억하게 한 계기가 되었다. 여기 실린 단편들 역시 근친상간, 존속살인 등 '사드적인' 상상력이 스토리의 기저를 이루고 있긴 하지만, 사드는 엽기적 섹스 장면은 일체 배제한 채 오직 이야기의 힘만으로 작품들을 이끌어 간다.

그중에서 가장 인상적인 대목 두 가지. 하나는 「으제니 드 프랑발」이라는 단편인데, 거기에는 자신의 딸을 모든 사회적 제도 및 관습으로부터 격리시킨 채 성장시킨 다음 자

신의 파트너로 삼으려는 인물이 나온다. 딸을 결혼시키려
는 자신의 아내에게 그는 이렇게 말한다.

> "그래, 혼인이 당신을 행복하게 해드렸소, 부인?"(……)
> "그렇지만 모든 사람들이 결혼을 하지 않습니까?"
> "그렇지요. 천치들 아니면 한가한 자들이지요. 어느 철
> 학자가 말하기를, 사람들은 자기가 하고 있는 일이 무엇
> 인지 모를 때 혹은 무엇을 해야 할지 모를 때에만 결혼
> 을 한다더군요."(『사랑의 죄악』, 229~230쪽)

사드가 자기 시대를 넘어 현대의 독자들한테도 여전히
불편하게 느껴지는 것은 최소한의 관습적 전제조차도 뒤흔
들어 버리는 이런 유의 지독한 냉소 때문이 아닐까?
또 하나는 「플로르빌과 꾸르발, 혹은 숙명」이라는 작품
으로, 거기에는 평생 관습적 틀을 벗어나 쾌락을 추구하며
산 베르깽 부인이라는 인물이 등장한다. 그녀는 자신이 치
유 불가능한 병에 걸려 곧 죽음이 다가오리라는 것을 예감
하자 모든 재산을 친구와 하인들에게 분배한 뒤 마지막 파
티를 연다. 그녀의 유언은 아포리즘의 모음집이라 할 만큼
멋진 말들로 그득한데, 그중 한 대목이다.

"나는 나의 자스민 화단 밑에 나를 묻어 달라고 부탁하였고, (……) 나는 그곳에 묻힐 것이며 분해된 이 육체에서 발산되는 원자들이 영양을 제공하여 (……) 내가 가장 좋아했던 그 꽃들의 봉오리를 탐스럽게 맺도록 해줄 거예요. (……) 다음 해 그대가 이 꽃 향기를 맡을 때, 그대는 그 향기 속에서 옛 친구의 영혼을 호흡하게 될 거예요. 그 꽃들은 그대 뇌수의 갈피에 스며들어 그대에게 재미있는 상념을 제공하며 다시 내 생각이 나도록 해줄 거예요."(앞의 책, 107쪽)

그리고 그녀의 묘비에는 다음의 한 마디만이 새겨졌다.

"살았노라."(같은 책, 110쪽)

무신론자의 이 당당한 죽음에 완전히 매료당한 나머지, 내 기억 속에는 사드는 말할 것도 없고, 들뢰즈와 마조흐까지도 이 묘비명 위에 포개지고 말았다.

고대사에 대한 생생한 재현

반고, 『한서열전』

"사마천(司馬遷)과 반고(班固)가 다시 살아난대도 / 사마천과 반고를 배우진 않으리라"——연암 박지원의 유명한 시구절 가운데 하나다. 여기에서 사마천과 반고란 문장의 전범, 이른바 고문을 지칭한다. 조선조를 지배한 교조적인 고문주의에 맞서 연암은 문인들이 그토록 떠받드는 두 '거인'은 그 무엇을 본뜬 것이 아니라, 자신의 문장을 창안한 것일 뿐이라고, 특유의 패러독스를 통해 공격하고 있는 것이다. 그만큼 사마천과 반고는 동아시아 문인들이 도달해야 할 경지이자 넘어야 할 거대한 산이었던 셈이다.

그런데 사마천에 비해 반고가 우리 독서지형에서 이다

지 낯선 건 대체 무엇 때문일까? 『한서』(漢書)는 전체는 물론 '열전'조차도 아직 제대로 번역되지 않았다. 내가 읽은 『한서열전』도 선집이다. 이 또한 우리 문화에 고질적인 지적 궁벽함의 사례가 아닐지.

『사기』에 사마천의 궁형이라는 충격적 비화가 따라다니듯, 『한서』 역시 장장 80여 년에 걸쳐 완성되기까지 극적인 파노라마를 펼쳐 보인다. 반표(班彪)에 의해 기초가 마련된 뒤, 아들 반고가 본격적 저술에 들어갔으나 중도에 사사로이 역사를 쓴다는 죄명으로 고발당한 바 있었고, 그 역시 끝내 완성시키지 못한 채 정쟁의 사슬에 얽혀 61세의 나이로 옥사하고 말았다. 그런데 놀랍게도 누이동생인 반소(班昭)가 그 뒤를 이어 마무리한다. 여성이 역사서, 그것도 그후 2천 년간 문장의 전범이 되는 저서의 편찬에 참여했다는 것, 이 사실만으로도 『한서』는 기념비적인 저작이 되기에 충분하지 않은가?

『사기』가 상고시대부터 사마천 당대까지를 통사적으로 짚어 온 것이라면, 『한서』는 반고가 살았던 전한시대만을 다룬 당대사다. 때문에 『한서열전』에는 전한시대를 '주름잡던' 인물 군상들이 다채롭게 그려진다. 유머의 귀재 동방삭, 흉노족과의 전쟁 속에서 서로 다른 길을 걷는 이릉과

소무, 미천한 출신이지만 빼어난 미모로 황후가 되어 권세를 누리다가 그 정점에서 몰락한 조비연 자매 등등. 신기하게도 무려 2천 년 전의 일이건만, 인간, 국가, 자연을 둘러싸고 벌어지는 삶의 무상함이 마치 손에 잡힐 듯 생생하다. 그래서 나는 책을 읽는 내내, 복고취향과는 전혀 다른 맥락에서 이 '포스트 모던한' 시대가 봉착한 한계를 돌파하는 열쇠가 저 아득한 고대사에 있는 게 아닐까 하는 생각에 사로잡히곤 했다. 그래서 『한서』 전체를 생생한 우리말로 읽게 될 날이 더더욱 기다려진다. [놀랍게도, 2020년 『완역 한서』(이한우 옮김, 21세기북스, 전 10권)와 2021년 『한서』에 대한 해설서 『발견, 『한서』라는 역사책』(강보순·길진숙·박장금, 북드라망)이 발간되었다. 나의 염원이 통했나 보다.^^]

밥상 혁명을 선동하는 반(反)요리책

헬렌 니어링, 『헬렌 니어링의 소박한 밥상』

방 한쪽에선 스님들이 조용히 발우공양을 하고, 또 다른 편에선 조폭들이 "형님, 많이 드십시오!" 하고 외치며 시끌벅적하게 밥을 먹는다. 영화 〈달마야 놀자〉의 한 상년이나. 밥상의 차이를 통해 두 조직의 질적 차이가 적나라하게 포착되는 순간인 셈이다.

어디 승려와 조폭들만 그렇겠는가? 흔한 말로 사는 게 '다 먹자고 하는 짓'이라면, 먹거리야말로 삶의 출발이자 끝이라 해도 무방하지 않을까? 『헬렌 니어링의 소박한 밥상』(헬렌 니어링 지음, 공경희 옮김, 디자인하우스, 2018)을 보면, 정말 그렇다. '요리를 많이 하지 않는 법을 배우라'는 이 괴상한 '반(反)요리책'은 조리는 적게, 재료는 단순하게, 시간은 짧게, 게다가 한술 더 떠 고기나 설탕, 인스턴트 식품같이 우리 식탁에선 없어서는 안 될 것들을 모두 먹지 말라고 말한다. 그럼 대체 뭘 먹느냐고?

저자는 말한다. "자연이 차려 놓은 향연을 맛보라!"(새뮤얼 존슨; 『헬렌 니어링의 소박한 밥상』, 51쪽 재인용) 그래도 일생 동안 풍성하게 먹고도 남을 지경이라고. 그렇다고 이 책이 그저 결벽증에 빠진 채식주의자의 건강타령이라고 생각하면 그건 정말 오해다. 한마디로, 이 책은 먹거리의 변환을 통해 삶의 배치를 근본적으로 바꾸라고 선동하는 과격한 '프로파간다'다. 이를테면, 요리라는 프리즘을 통해 자본주의의 이윤체계와 근대적 질서의 허구를 가차 없이 조롱하고 비트는 '반문명론'이라고나 할까. 요컨대, 건강한 먹거리란 지배적 질서가 강요하는 삶의 궤도를 벗어나는 것이자 이미 구획된 경계를 넘어 타자를 향해, 동물을 향해, 우주를 향해 마음을 열어 가는 길이 된다. 정말, 어느 시인의 말마따나 밥상 위에는 모든 것이 있다. "권력도, 자본도, 그리고 혁명까지도!"

水

4부

겨울

지혜와
유머

겨울은 수(水)다. '오행'(목화토금수)의 마지막 스텝이다. 가을이 수렴이라면 겨울은 응축이다. 가을이 열매의 단계라면, 겨울은 그 열매조차 버리는 시간이다. 물, 씨앗, 북방, 휴식과 힐링 등을 의미한다. 물은 생명의 최소단위다. 모든 생명은 물에서 시작한다. 고로 겨울은 근원으로 돌아가는 시기다.

사람의 일생에선 노년기가 거기에 해당한다. 예전에는 60대 이후였지만 요즘엔 70대 이후라 해야 맞을 것이다. 인생의 겨울, 즉 노년이 되면, 가족과 사회에 대한 의무, 노동과 화폐·소비를 향한 무한질주 등 고단하고 분주했던 일들로부터 벗어난다. 노년이 주는 최고의 선물이다. 당연히 버리고 비워야 한다. 비움과 버림은 평생의 과제이지만, 봄여름가을엔 결코 쉽지 않다. 몸의 생리적 욕구가 따라 주지 않기 때문이다. 하지만 노년기엔 비로소 자연스러워진다. 몸이 그것을 허락하기 때문이다. 그런 점에서 노년기의 탐욕은 그야말로 재앙이다. 마치 겨울에 꽃을 피우겠다고 몸부림치는 것이나 마찬가지다. 이런 이치를 깨닫는 것이 지혜의 시작이다. 지혜란 무릇 인생과 우주의 리듬을 터득하는 것에 다름 아니기 때문이다. 지혜는 유연하다. 물처럼 흐르고 파동처럼 퍼져 나간다. 그래서 지혜로운 노인은 유머러스하다. 달라이 라마, 프란치스코 교황 등을 떠올려 보라. 지혜와 유머가 겨울의 윤리로 설정된 이유다.

『고사신편』은 루쉰이 죽기 1년 전 완성한 단편집이다. 중국의 신화와 전설을 자유자재로 넘나들면서 숨겨 둔 '유머본능'을 맘껏 펼친 소설집이다. 『노년에 대하여 우정에 대하여』는 노년에 대한 영원한 고전이다. 키케로는 노년을 격정과 야망에서 벗어나 인간이 누릴 수 있는 최고의 시간으로 규정한다. 어떻게 하면 그 '복됨'을 누릴 수 있을까? 그의 말을 경청해 보시라! 『크리슈나무르티의 마지막 일기』는 20세기를 대표하는 영적 멘토가 죽음에 임박해서 쓴 구술일기다. 크리슈나무르티에게 혁명은 제도와 시스템의 혁신이 아니다. 마음의 온전한 변화, 그게 아니고선 절대 불가능하다. 『동의보감』은 생명과 우주에 대한 비전 탐구서다. 포스트 코로나, A.I., 메타버스 등 미래사회에 대한 기대와 두려움이 엇갈리는 시대다. 『동의보감』은 말한다. 그럴 때일수록 근원으로 돌아가야 한다고. 그러면 생명은 창조와 순환의 쉼 없는 운동, 곧 '네트워킹'임을 알게 된다고. 또 새로 추가된 『돈키호테』, 『슬픈 열대』, 달라이 라마 등 역시 우리의 사유를 더 깊고 심오한 세계로 안내해 줄 것이다.

오장육부에서 수(水)는 신장/방광에 속한다. 하여, 신장이 튼실하면 삶을 넓고 깊은 시선으로 응시할 수 있다. 조급하고 불안에 시달린다면, 겨울의 고전을 읽으며 신장의 정기를 북돋우시기를! 지혜롭고 유머러스해지고 싶다면, 더더욱 겨울의 고전에서 그 노하우를 터득하시기를!

유머, 신화적 권위를 해체하는 최고의 전략

루쉰, 『고사신편』

그의 시선은 예리하고 투명하다. 늘 정면을 응시한다. 카메라 앞에서의 쑥스러움과 수줍음 따위는 일절 없다. 들판에서 여러 벗들과 찍은 경우에도 벗들의 시선은 사방으로 흩어져 있지만 그의 시선은 오롯이 정면을 향하고 있다. 가끔 옆모습이 찍힌 경우도 있긴 하다. 하지만 그 경우에도 각도와 실루엣 등 설정이 더할 나위 없이 치밀하다. 우연히 옆모습을 찍힌 게 아니라 그렇게 찍히게끔 포즈를 취했다는 뜻이다. 이를테면 카메라의 안에 있으면서 동시에 바깥에 있는 존재라고나 할까. 이 사람이 바로 중국 근대문학의 선구자 루쉰(魯迅, 1881~1936)이다.

2016년 9월 추석 연휴를 맞이하여 공동체(남산강학원&
감이당) 후배들과 베이징에 있는 루쉰박물관을 방문했다.
나로선 세번째였다. 처음 갔을 땐 그의 친필 원고와 생가를
살피는 데 몰두했는데, 두번째부턴가 문득 놀라운 사실을
하나 발견했다. 그는 참으로 많은 사진을 찍었다는 것. 1902
년, 스물하나의 나이에 일본으로 유학을 가자마자 변발을
잘라 버리고 곧장 사진관으로 직행한다. 이후 그는 일생에
걸쳐 수많은 사진을 남겼다(때문에 변발을 한 그의 모습은 남
아 있지 않다. 좀 아쉽다!). 루쉰박물관의 콘셉트도 그가 남긴
사진을 중심으로 짜여져 있다. 그게 왜 놀랍냐고?

　시야를 '줌아웃'해서 그의 생애와 시대를 조망해 보라.
그의 생몰 연대는 1881~1936년. 바야흐로 서구문명의 진
군 앞에서 동양의 지축이 요동치던 시기다. 그의 개인사 또
한 시대적 파고만큼이나 파란만장하다. 일본에서 돌아온
이후에도 그의 행로는 역마살로 충만하다. 베이징에서 샤
먼으로, 샤먼에서 광저우로, 다시 상하이로! 그의 역마살을
추동한 건 다름 아닌 군벌들의 추격과 탄압이다. 말하자면
그는 도주하는 중이었다. 게다가 이 시대는 카메라가 막 등
장한 시기 아닌가. 카메라에 사진을 박는다는 건 개인이건
단체건 아주 큰맘 먹고 치러야 하는 일종의 '이벤트'였다.

그런데 그는 어떻게 이 숨 가쁜 시기에, 그 기술적 열악함에도 불구하고 이토록 많은 사진들을 '박을' 수 있었을까? 헌데 세번째 방문에선 문득 그것이 어떤 복선처럼 느껴졌다. 그의 사상과 작품을 관통하는 복선!

루쉰의 작품들은 까칠하다. 거두절미, 단도직입! 시쳇말로 바늘로 찔러도 피 한 방울 나오지 않을 정도로 냉정하다. 독자들이 가질 법한 일말의 희망도 낭만적 기대도 산산이 부숴 버린다. 민족주의, 사회주의, 모더니즘 등 시대를 풍미한 사상적 조류들에도 결코 휩쓸리는 법이 없다. 정면을 오롯이 응시한 채 그는 단지 물을 뿐이다. 그것이 진정 삶을 바꿀 수 있는가? 또 '식인'으로 점철된 중국 민중의 습속을 전복할 수 있는가? 일상과 습속이 바뀌지 않는 한 모든 이념과 혁명은 '사이비'다. 그의 미학을 '투창과 비수'라고 하는 것도 그 때문이리라. 그는 사실 투창이나 비수를 날린 적이 없다. 정면을 응시하는 그의 시선이 투창과 비수가 되었을 뿐이다. 하여, 그 창과 칼의 끝에는 언제나 유머가 묻어 있다. 이 유머는 '빵 터지는' 해학이 아니라 속으로 '키득거리게 하는' 풍자다. 하여, 한바탕 웃음으로 흩어지는 것이 아니라 안으로 파고들어 내장을 뒤틀거나 세척해 버린다. 『고사신편』이 특히 그런 작품이다.

『고사신편』(故事新編)은 풀이하면 '새로 쓴 옛날이야기'라는 뜻이다(2011년 유세종 교수가 옮긴 번역본의 제목이기도 하다). 중국의 오래된 신화와 역사, 민담 등을 종횡으로 엮어 현실의 생생한 호흡을 불어넣은 작품집이다. 고전 '다시 쓰기'(rewriting)의 원조 격에 해당하는 셈. 그의 세번째 소설집으로 1922년에서 1935년 사이에 쓰여졌다. 무려 13년이라는 시간이 걸린 이유는 대작이어서가 아니다. 다른 작품들과 마찬가지로 여기 실린 작품들도 아주 짧다. 작품 수도 고작 8편에 불과하다. 그럼에도 이렇게 긴 시간이 걸렸다는 건 이 연대기가 녹록지 않았던 때문이다. 번역자 유세종 교수의 해제에 따르면, 첫 작품 「하늘을 땜질한 이야기」를 쓴 1922년은 군벌들의 발호로 5·4신문화운동이 퇴조기에 접어든 때이고, 「달나라로 도망친 이야기」와 「검을 벼린 이야기」를 쓴 1926년은 3·18참사(항일 시위를 벌이던 학생들을 향해 돤치루이段祺瑞 정부가 발포한 사건)의 배후 주동자로 찍혀 국민당 정부가 내린 체포령을 피해 도피하던 중이었다. 앞서 언급한 샤먼과 광저우로 '튀'던 때가 바로 이즈음이다. 나머지 작품들을 쓴 1934년과 1935년은 상하이에 정착한 시기로 중일전쟁(1931년)의 발발로 중국인들에게는 전쟁이 일상화되었던 시절이다. 더 결정적으로 이 시기는 그의 말년이었다. 폐결핵이 그의 생의 에너지를 잠식해 들어간 탓이다.

이런 시기에 나왔으니 작품들이 얼마나 비장할까, 싶겠지만 오히려 그 반대다. 뭐, 이렇게 태평무사한가 싶을 정도로 여유가 넘친다. 작품 속 에피소드 몇 가지. 활쏘기의 영웅 예(羿)는 사냥이 제대로 되지 않아 허구한 날 아내 항아의 잔소리에 시달린다. 한편 맨날 까마귀 자장면만 먹다 지친 항아는 남편인 예의 선약을 훔쳐 먹고 달나라로 튀어 버린다. 이런! 치수의 영웅 우임금은 발바닥이 무지러지도록 천하를 위해 일했건만 7년 만에 돌아와서도 집에 들르지도 못한다. 그러자 그의 아내는 이런 저주를 퍼붓는다.

"이 천번 만번 죽일 놈! 무슨 장사 지낼 일 있다고 그렇게 뛰어다닌담! 제 집 문앞을 지나면서도 코빼기도 보여 주질 않다니! 네 장사나 치러라! 벼슬, 벼슬, 벼슬이 뭐 대단한 거라고. 하는 꼬라질 보면 제 애비처럼 변방에 유배돼 못에 빠져 자라나 되라지!"(루쉰, 「홍수를 막은 이야기」, 『새로 쓴 옛날이야기』[루쉰전집 3], 그린비, 2011, 312쪽)

그런가 하면 백이·숙제는 동아시아 유학자들의 이상

적 롤모델이다. 절의를 지키기 위해 수양산에 들어가서 고사리를 먹다 죽었다는 그 비장한 스토리의 주인공들이다. 하지만 루쉰이 엿본 그들의 일상은 이렇다. "그들은 날마다 고사리를 뜯었다. 처음에는 숙제 혼자 뜯고 백이는 삶았다. 나중에는 백이도 (……) 함께 뜯으러 나섰다. 조리법도 다양해졌다. 고사리탕, 고사리죽, 고사리장, 맑게 삶은 고사리, 고사리 쌈탕, 풋고사리 말림…. 근처의 고사리는 어느새 다 바닥나 버렸다."(「고사리를 캔 이야기」, 『새로 쓴 옛날이야기』, 348쪽) 맙소사!

그런가 하면, 장자의 등장은 실로 황당무계하다. 잡초무성한 광야를 지나다 장자는 한 해골을 되살려 낸다. 부활한 사내는 장자에게 옷과 보따리를 달라고 떼를 쓴다. 사내는 오백 년 전쯤 친척집에 가기 위해 이곳을 지나다 강도에게 죽임을 당했던 것이다. 장자로 인해 부활했지만 그에게 중요한 건 생사의 이치 따위가 아니다. "니에미 나발 불고 있네! 내 물건 돌려주지 않으면 내 널 때려 죽일 테다!"(「죽음에서 살아난 이야기」, 앞의 책, 442쪽) 장자는 급기야 순경을 부른 다음 줄행랑을 친다.

이런 식으로 루쉰은 신화에 드리워진 초월적 권위와 비장한 포즈를 일망타진해 버린다. 그 무기는 보다시피 '일상'이다. 영웅이건 열사건 도사건 모두 일상의 산물이다. 일상은 생명의 토대이자 삶의 현장이며 진리의 출발점이다. 하여, 일상을 떠나서는 그 어떤 이념도 비전도 한낱 망상에 불과하다. 고전의 원대한 세계를 일상의 희로애락과 단도직입으로 중첩시켜 버릴 때, 그때 탄생하는 것이 유머다. 유머이자 풍자면서 동시에 역설이고 아이러니인 것. 때론 배꼽 잡는 웃음이, 때론 쓰디쓴 '썩소'가, 그러면서 낡은 통념이 산산이 부서지는 통쾌한 박장대소가 펼쳐진다. 그것이 루쉰의 전략이었다. 권위를 해체하는 최고의 전략으로서의 웃음! 루쉰은 이 중첩된 필름들을 가차 없이 관통한다. 카메라를 응시하던 그 특유의 시선으로. 고대와 현재, 위대한 것과 비루한 것, 이념과 현실 등등. 그래서 아주 역설적으로 이 '옛날' 이야기에는 당대의 첨예한 이슈들이 촘촘히 박혀 있다. 그 '숨은그림찾기'의 재미 또한 쏠쏠하다. 요컨대 도주의 긴장도, 지옥 같은 전쟁도, 폐병의 잠식도 그를 무너뜨리지는 못했다. 그에게 삶이란 다만 '지금, 여기'의 순간들을 온전히 살아 내는 것일 뿐이므로.

　그는 상하이에서 임종을 맞이했다. 상하이에서의 마지막 열흘에 대한 사진들도 남아 있다. 뼈만 남은 얼굴에 형형한 눈빛. 하지만 그보다 더 감동적인 건 죽기 하루 전날 청년들과 마주 앉아 한담하는 장면이다. 루쉰의 창백한 얼굴을 바라보며 한 청년이 환하게 웃고 있다. 루쉰박물관에 갈 때마다 난 이 사진 앞에서 오랫동안 멈춰 서곤 한다. 이 청년의 미소가 루쉰의 삶과 작품을 말해 주는 것처럼 보여서다. 죽음을 앞에 두고도 누군가에게 이런 웃음을 야기할 수 있다면 그는 충분히 편안했을 것이다. 또 자유로웠을 것이다. 카메라를 응시하던 그의 시선이 그러했듯이. 하긴 그렇다. 이 '텅 빈' 충만함보다 더 날카로운 투창과 비수가 또 있을까?

노년, 지혜를 일구는 '복된' 시간

키케로, 『노년에 관하여 우정에 관하여』

'저출산 고령화'—각종 미디어에서 가장 많이 듣는 담론이다. 백세인생을 예찬할 때는 언제고, 이제 노인 인구가 늘어난다며 한탄을 해댄다. 거기다 청년들은 출산은커녕 연애와 결혼·임신까지도 거부한단다. 그러니까 고령화도 문제지만 전체 인구에서 노인이 차지하는 비율이 늘어나는 것이 더 큰 문제인 셈이다. 대체 어쩌다 이렇게 되었을까? 뉴스에선 늘 경제가 문제라지만, 과연 그럴까? 돈이 문제라면 지금보다 부유한 때도 없지 않은가. 멀리 갈 것도 없이 산업화 세대만 떠올려도 지금의 부는 풍요롭기 이를 데 없다. 그런데 경제가 문제라고? 정말 그런가?

    자본주의는 탄생 이래 한 번도 인구의 감소를 생각해
본 적이 없다. 노동과 생산, 화폐라는 세 바퀴가 작동하는
곳에는 언제나 사람이 몰려왔고 들끓었다. 시장이라는 것
자체가 사람이 득시글거리는 곳이 아니던가. 하지만 문명
에도 생로병사가 있는 것일까. 아니면 자연을 지배할 수 있
다고 여긴 오만과 편견에 대한 부메랑일까. 어느 날 문득 전
혀 예기치 않은 사태가 도래한 것이다. 돈만 있으면, 기술만
발전하면, 어떤 난관도 다 물리칠 수 있다고 생각한 인류에
게 상상조차 하지 못한 장벽이다. 산을 허물고 바다를 메울
수는 있어도 저출산과 고령화를 돌파할 길은 없다.

    그러다 보니 백세인생이 축복이 아니라 재앙처럼 여
겨지기도 한다. 노년에 대한 인식의 대전환이 시급한 실정
이다. 다행히 수천 년 전에 노년기에 대한 아주 특별한(사
실은 아주 당연한) '노하우'를 남겨 준 이가 있다. 『노년에 관
하여 우정에 관하여』(천병희 옮김, 숲, 2005)를 남긴 키케로
((Marcus Tullius Cicero, 기원전 106~43)가 바로 그다. 소크라
테스나 디오게네스 같은 거리의 철학자일 거라고 생각하지
만 그는 로마의 집정관이자 '시적인 산문'을 멋들어지게 표
현하는 웅변가로 더 유명하다. "고전 라틴 산문의 창조자"
라는 평을 들을 정도로 뛰어난 수사학자이기도 하다. 『노년

에 관하여』와 『우정에 관하여』는 각기 독립된 저술로 키케로 말년에 평생지기인 앗티쿠스에게 헌정한 대화록이다. 일찌감치 부귀를 벗어난 현자가 아니라 부와 명성을 충분히 누린 '정치가'라는 점이 아주 흥미롭다. 그래서 노년에 관한 그의 전언이 더 값지게 느껴진다. 먼저 노년과 우정에 관한 아포리즘을 감상해 보자. 소리 내어 낭독해 보면 더더욱 좋을 것이다.

> 인생의 주로(走路)는 정해져 있네. 자연의 길은 하나뿐이며, 그 길은 한 번만 가게 되어 있네. 그리고 인생의 매 단계에는 고유한 특징이 있네. 소년은 허약하고, 청년은 저돌적이고, 장년은 위엄이 있으며, 노년은 원숙한데, 이런 자질들은 제철이 되어야만 거두어들일 수 있는 자연의 결실과도 같은 것이라네.(『노년에 관하여 우정에 관하여』, 44쪽)

> 인생에서 우정을 앗아가는 자들은 말하자면 세상에서 태양을 앗아가는 것이나 다름없네. 불사의 신들이 인간에게 준 선물들 가운데 우정보다 더 좋고 더 즐거운 것은 없기 때문이네.(앞의 책, 138쪽)

그렇다! 자연에 계절이 있듯이 인생도 봄여름가을겨울이 있다. 소년-청년-장년-노년. 노년의 가치를 이해하려면 먼저 인생이 사계절의 리듬이라는 사실을 깨우쳐야 한다. 겨울을 알기 위해선 가을, 여름, 봄을 이해해야 하는 것처럼. 우정의 가치 또한 그러하다. 키케로에게 있어 우정은 '그렇고 그런' 윤리가 아니다. '태양과 같은 것', '신이 선사한 최고의 선물'에 해당한다. 삶과 죽음을 주관하는 지고지선의 가치라는 뜻이다.

사람들은 왜 노년을 두려워할까? 노년을 완숙한 시기가 아니라 결핍의 시기로 간주하기 때문이다. 감각적 쾌락을 더 이상 누릴 수 없다는 이유에서다. 키케로는 동의하지 않는다. "세월이 정말로 젊은 시절의 가장 위험한 약점으로부터 우리를 해방해 준다면, 그것은 세월이 우리에게 주는 얼마나 멋진 선물인가!" 쾌락을 누리지 못하게 된 것은 약점이 아니라 노년의 특권이란다. 왜? "자연이 인간에게 준 역병(疫病) 가운데 쾌락보다 더 치명적인 것은 없다는 것이네. 쾌락의 탐욕스러운 추구는 쾌락을 충족시키도록 사람들을 맹목적으로 거리낌 없이 부추긴다는 것이었네."(같은 책, 51쪽) 쾌락이 역병이라고? 너무 심한 표현 아닌가? 하지만 한번 따져 보자. 역병에 걸리면 손쓸 수가 없다. 마찬가지로 쾌락적 충동에 휩쓸리면 누구도 못 말린다. 도저히 멈출 수가 없다.

관련된 에피소드 하나. 연로한 소포클레스에게 누군가 물었다. 아직도 성적 접촉을 즐기느냐고. 그의 돌직구. "아이고 맙소사! 사납고 잔인한 주인에게서 도망쳐 나온 것처럼 이제 나는 막 거기서 빠져나왔소이다." 이번엔 '사납고 잔인한 주인'이란다. 그런 주인한테 사로잡혀 있는 한 자유는 없다. 노예처럼 이리저리 끌려다니는 수밖에. 물[水]과 불[火]이 생리의 기본이라면, 쾌락은 불이 물을 압도하는 불균형에서 비롯한다. 여름의 고전에서도 확인했듯이, 불은 방향도, 목적도 없다. 그저 타오르는 것만이 목적이라면 목적이다. 그래서 쾌락에 휩쓸리다 보면 내 안의 물이 점점 더 고갈되어 버린다. 생명활동이 위태롭게 되는 것이다. 그 점을 환기한다면, '역병'이니 '사납고 잔인한 주인'이니 하는 키케로의 비유가 결코 과장이 아님을 알게 될 것이다.

하지만 노년이 되면 비로소 그 거친 힘으로부터 벗어날 수 있게 된다. 생리적으로 불기운이 약해지면서 물과 불의 잔잔한 균형이 가능해지기 때문이다. 키케로에 따르면, 노년은 '마음이 성욕과 야망 등 온갖 전투를 다 치르고 난 뒤 자신과 더불어 화해하는 시간'이다. 그럼 노년의 삶은 무엇으로 이루어지는가? '친구들과의 대화', 그리고 '왕성한 탐구열'. 요컨대, 벗들과 함께 지혜를 일구는 시기, 그것이 바로 노년이다. 참으로 '복된' 시간이 아닐 수 없다.

이 당연한 이치가 우리에겐 참으로 낯설기만 하다. 우리 시대에 있어 노인의 삶이란 첫째는 경제, 그다음엔 쾌락이다. 풍부한 노후자금으로 청춘 못지 않은 건강을 누리면서 여생을 맘껏 즐기는 것, 이것이 노인담론의 핵심이다. 그리고 여기서 말하는 노후의 즐거움은 오직 에로스적 관계다. 부부 사이의 끈끈한 친밀감을 회복하거나 아니면 또 다른 사랑을 만나라고 부추겨 댄다. 오직 그것만이 고독과 쓸쓸함을 극복하는 길이라면서. 과연 그럴까? 키케로의 말처럼 그건 간신히 빠져나온 '사납고 잔인한' 주인의 손아귀로 다시 돌아가는 짓에 다름 아니다.

스키피오와 라일리우스여, 노년에 관한 최선의 무기는 학문을 닦고 미덕을 실천하는 것이네. 미덕이란 인생의 모든 시기를 통해 그것을 잘 가꾸게 되면 오랜 세월을 산 뒤에 놀라운 결실을 가져다준다네. 왜냐하면 미덕은 생의 마지막 순간에도 결코 우리를 저버리지 않을 뿐 아니라(이것이 가장 중요한 이유라네), 훌륭하게 살았다는 의식과 훌륭한 일을 많이 행했다는 기억은 가장 즐거운 것이 되기 때문이네.(『노년에 관하여 우정에 관하여』, 23쪽)

흔히 말하기를, 노년의 괴로움은 활동성의 위축에 있다. 맞다. 분명 노인이 되면 체력이 떨어진다. 하지만 중요한 건 힘과 에너지 자체가 아니라 그것을 어떻게 쓰느냐에 달려 있다. 젊어서는 힘이 넘치지만 그걸 사용하는 방법을 모른다. 하지만 노인이 되면 이제 그 용법을 알게 된다. 그 가운데 최고가 바로 지혜와 미덕이다. 호메로스, 헤시오도스, 이소크라테스, 데모크리토스, 플라톤, 제논, 그리고 디오게네스 등등. 이들은 노년에 더 왕성하게 지적 열정을 발휘한 이들이다. "노년이 이들의 학구열을 멈추게 할 수 있었던가? 이들 모두 다 학구열이 평생 동안 지속되지 않았던가?" 그리고 이렇게 덧붙인다. "나도 그렇다네. 나는 노인이 되어서야 그리스어를 배웠으니까 말일세."(앞의 책, 35, 38쪽)

또 다른 용법이 소통이다. 노인이 되면 체력이 떨어지기 때문에 먹고 마시는 것보다 이야기와 대화를 원한다. "회식의 즐거움을 나는 식도락의 쾌락에서보다는 친구들과의 만남과 대화에서 찾았다네." "대화에 대한 욕구는 늘려 주고 마실 것과 먹을 것에 대한 욕구는 줄여 준 노년에 대해 진심으로 감사하고 있네." "나는 날마다 이웃들과 함께 회식하는데, 우리는 온갖 주제에 관해 두루 이야기하며 회식을 가능한 한 밤 늦게까지 늘인다네."(같은 책, 56, 57쪽)

그렇다. 노인에게 필요한 건 대화와 소통의 장이다. 노인의 지혜가 청년들의 열정과 마주칠 수 있는 창구도 그것뿐이다. 거창한 제도나 시스템이 필요한 것도 아니다. 동네마다, 마을마다, 골목마다 노인들이 자유롭게 이야기를 나눌 수 있는 광장이 있으면 된다. 이미 공적 장소는 차고도 넘친다. 동네 도서관이나 평생학습관, 주민센터, 구청 아카데미, 문화예술회관 등등. 도처에서 이야기가 흘러넘치게 하는 것, 그게 앞으로 정치경제학의 과제가 될 것이다.

미덕에 대한 수련과 대화에 대한 왕성한 열기가 마주치면 그때 탄생하는 가치가 바로 우정이다. "우정이란 지상에서나 천상에서나 모든 사물에 관한, 선의와 호감을 곁들인 감정의 완전한 일치라고 할 수 있을 것이네."(같은 책, 117쪽) 인생의 봄인 청춘의 미덕도 우정이었다. 청년의 우정이 낯선 세계와 타자를 향한 거침없는 질주의 과정이라면, 노년의 우정은 생을 관조하면서 동시에 죽음을 통찰하는 지혜의 여정이다. 결국 인생이란 우정으로 시작해서 우정으로 끝마치는 것이 아닌지.

그런 점에서 우리 시대의 노인문화는 실로 위태롭다. 가족 간의 혈연관계는 이미 사라졌는데, 이웃이나 친구, 청년들과 연결될 네트워크가 없기 때문이다. 아무리 부가 충만하고 복지시스템이 훌륭하다고 해도, 사람이 없고 친구가 없다면, 노년의 삶은 고독하고 쓸쓸할 따름이다. '고립과 단절', 생명이 가장 혐오하는 낱말이다. 하여, 누구라도 노년을 대비하고자 한다면 지혜와 우정이라는 가치를 연마해야 할 것이다.

죽음의 지혜도 그 연장선상에 있다.

자연과 조화를 이루는 것은 무엇이든 선으로 간주되어야 하네. 한데 노인들이 죽는 것보다 자연과 조화를 이루는 것이 또 어디 있겠는가? (……) 마치 과일이 설익었을 때에는 따기가 힘들지만 농익었을 때에는 저절로 떨어지듯이, 젊은이들에게서는 폭력이, 노인들에게서는 완숙이 목숨을 앗아간다네. 그리고 내게는 이런 '완숙'이란 생각이 너무나 즐거워, 내가 죽음에 더 가까이 다가갈수록 마치 오랜 항해 끝에 마침내 육지를 발견하고는 항구에 입항하려는 것 같은 느낌이 든다네.(『노년에 관하

여 우정에 관하여』, 80~81쪽)

'모든 익은 것은 죽음을 욕망한다'는 니체의 아포리즘
이 떠오르는 대목이다. 충분히 무르익어서 떨어지는 과일
처럼 자연스러운 것은 없다. 죽음 또한 그런 리듬을 밟아 갈
수 있다면, 그보다 평안한 일도 없으리라. 그렇다. 이런 지
혜의 여정이 주어진다면, 노년은 두려움과 경멸의 대상이
아니라 누구든 고대해 마지않는 '복된' 시기가 되지 않을까.

혁명과 영성은 하나다!

『크리슈나무르티의 마지막 일기』

"인간 자체가 쓰고 버려지는 소비재로 간주되고 있다. 인간
이 쓰고 버려지는 존재가 된 문화를 우리가 만들었고, 확산
되고 있다. 이것은 더 이상 착취와 억압 차원의 문제가 아
니다. 새로운 차원의 문제다." 호오, 성직자답지 않게 꽤 과
격하신걸. "이런 태도 뒤에는 윤리와 신에 대한 거부가 도
사리고 있다. 윤리는 조롱받고 경멸을 받는 대상이 되어 버
렸다." 신에 대한 거부, 윤리에 대한 조롱? 아직도 그걸 기
대하다니, 너무 순진한 거 아냐? "이런 점에서 나는 금융 전
문가와 정치 지도자들이 고대 현자 중 한 분의 말씀을 심사
숙고하길 바란다: '자신의 재산을 가난한 사람들과 나누지

않는다는 것은 그들에게서 훔친 것이며 그들의 삶을 빼앗는 것이다. 우리가 가진 재산은 내 것이 아니라 그들의 것이다.'" 허걱! 조금 나누라는 것도 아니고 다같이 분배하자는 것도 아니고 아예 '내 꺼'가 '남의 꺼'라니. 이렇게 '급진적'인 말을 막 해도 괜찮나?

세계인의 주목을 받고 있는 프란치스코 교황의 2013년 권고문(프레시안 번역)의 일부다. 구구절절 나도 모르게 추임새가 튀어나온다. 몰랐던 것도 아니고 대안이랄 것도 없는데… 대체 이 신선한 충격의 정체는 뭐지? 아마도 그건 이 '돌직구'의 원천에 주의나 이념이 아니라 영성이 있기 때문이리라. 20세기 내내 인류는 참으로 다양한 사상과 혁명, 개혁과 이상을 실험해 왔다. 그 결과 많은 걸 이루기도 했지만 많은 걸 잃기도 했다. 가장 치명적인 것으로는 혁명적인 구호와 명제들이 더 이상 '혁명적'이지 않다는 것. 더 구체적으로 내 안의 '혁명적 정염'을 끌어내지 못한다는 것. 오히려 과격해질수록 따분하고 피로할 따름이다. 왜 그럴까? 그 구호의 이면에 부와 권력에 대한 '진부한' 욕망의 선분들이 이리저리 교차하고 있기 때문일 터. 교황의 메시지가 주는 참신함 혹은 급진성은 그런 복잡한 구도를 간단히 와해시켜 버리는 도약과 직진에 있다. 그의 기준은 오직 윤리와 신일 뿐이다. 여기서 윤리와 신은 특정 종교의 교리가 아니라 모든 인간에게 내재한 원초적 영성에 가깝다. 동양사상적으로는 '천리'(天理), 인류학적으로는 '자연지'(自然智)로 번역할 수 있겠다.

지금까지 개혁과 영성, 혁명과 자연은 서로 동떨어져 있었다. 그 결과, 개혁이나 혁명은 주로 물질적 배분의 차원으로 고착되었고, 영성이나 자연은 저 드높은 산정으로 초월해 버렸다. 이런 양분화 속에선 혁명이든 구원이든 결코 가능하지 않을뿐더러 설령 이룬다 해도 절반의 성취에 불과할 뿐이다. 내적 해방이 없는 혁명, 혹은 외적 세계와 소통하지 못하는 구도가 대체 어떻게 가능할 것인가? 교황의 메시지는 문득 그 자명한 이치를 환기하고 있다. 신과 인간, 윤리와 경제의 조건 없는 일치! 말하자면, '래디컬'(radical)이라는 영어 단어가 지니는 두 가지 의미—근원적인 혹은 급진적인—를 동시에 설파하고 있는 것이다.

이번에 선택한 고전『크리슈나무르티의 마지막 일기』 (김은지 옮김, 청어람미디어, 2013)가 주는 감동도 같은 맥락에 있다. 내가 크리슈나무르티(Jiddu Krishnamurti, 1895~1986)를 알게 된 건 '동방의 별 해체 선언문'을 통해서다. 열세 살의 나이에 신지학회(神智學會)에 발탁되어 지도자로 키워졌지만, 1929년 자신을 떠받드는 '동방의 별'을 스스로 해산해 버린다. 자신은 결코 추종자를 원하지 않는다는 이유로. 진리란 조직의 규모와 숫자를 통해 도달하는 것이 아니라는 이유로. 참으로 급진적이지 않은가. 사상의 내용을 떠나 자신의 물적 근거를 스스로 내려놓는 이 행동방식이 말이다. 이후 프리랜서로 세계를 돌아다니며 강연과 대화를 통해 직접적이고도 개별적 차원의 깨달음을 설파한다. 그의 이 마지막 일기는 1983년 2월 25일에서부터 1984년 3월 30일까지 미국 LA 근방에 있는 자택에서 매일 아침 녹음한 내용을 기록한 것이다. 아흔을 바라보는 현자가 들려주는 목소리는 간결하면서 동시에 단호하다.

전 세계의 제도와 조직은 인류에게 아무런 도움을 주지 못한다. 우리는 필요에 의해 다양한 물질적 조직을 만들었다. 전쟁과 민주주의, 독재 정치 그리고 종교적 제도 (……) 오래전부터 수많은 종류의 제도가 있었지만 그 어떤 것도 인간의 내면을 바꾸지 못했다. 제도는 절대 인간을 근본적으로 또 정신적으로 바꿀 수 없다.(『크리슈나무르티의 마지막 일기』, 161쪽)

'동방의 별'을 해체할 때의 문제의식이 생생하게 변주되고 있다. 그래서 그는 참 궁금하다. 대체 왜 인간은 이토록 끈질기게 제도에 의존하고 거기에서 안정감을 얻으려고 하는지. 따지고 보면, 20세기 초와 비교해도 인류는 제도적으로, 물질적으로 엄청난 진보를 이루었다. 그런데 왜 윤리적 차원에선 점점 더 추락하는 것일까? 그 또한 제도의 문제일까? 더 좋은 제도와 시스템이 갖추어지면 우리는 과연 윤리적 주체가 될 수 있을까? 솔직히 회의적이다. 오히려 이런 태도와 전제들이 개별적 차원의 탐구——자유와 해방을 위한——를 방치하는 명분으로 작용하는 건 아닐까? 윤리에 대한 조롱, 영성에 대한 방치가 발생하는 지점도 바로 여기다. 그렇다면 더더욱 이상하다. 윤리적 자율성과 영적 해방이 없는 혁명이 가당키나 한가? 그건 일종의 '형용모순'이 아닌가?

그러면 당장 이런 반론이 제기될 것이다. 나 하나 바뀐다고 사회가 바뀌겠는가? "나의 노력은 그저 커다란 호수에 떨어지는 한 방울의 물이 아닐까?" 크리슈나무르티의 답변은 이렇다. "우리의 의식은 당신의 것도 나의 것도 아닙니다. 인간의 의식은 많고 많은 세월을 지나 진화하고 성장하며 축적된 것이지요. 그 의식 속에 신앙과 신 그리고 인간이 만들어 낸 다른 많은 의례가 있습니다. 인간의 모든 활동은 생각의 활동이라고 할 수 있는데 바로 이 생각이 태도와 행동, 문화, 염원들을 만들어 내지요. 그리고 이 의식이 곧 자신이며 '나'인 동시에 자아이며 인격입니다."(『크리슈나무르티의 마지막 일기』, 60쪽) "그래서 우리는 정말 독립적인 개인이 존재하는지 의문을 품는 것입니다. 우리는 곧 인류 전체입니다".(앞의 책, 57쪽) 하여, 단언컨대, "깊은 내면에서부터 시작되어 당신의 모든 신경과 애착을 집중시키는 그런 근본적인 변화가 없다면, 우리의 미래는 그저 지금 하고 있는 모든 일의 연속일 뿐이다".(같은 책, 87쪽) 즉, '이것'에서 '저것'으로의 변화는 '물질주의적 범위 안에서 결정된 결과물'일 뿐이라는 것.

내면과 외면, 개인과 인류는 원초적으로 연결되어 있다. 삶은 동시적으로 이루어지는 것이지 부분들의 집합이 아니다. 이것을 망각하는 순간 문명과 자연, 인간과 신 사이에 지독한 장벽이 세워진다. 그 원천에 삶과 죽음의 분리가 있음은 말할 것도 없다. 말하자면, 혁명적 이념에는 죽음에 대한 탐색이 없고, 종교적 교리는 죽음에 대한 해석을 독점함으로써 사람들의 영혼을 잠식해 버린다. 하지만 생성과 소멸은 동시적인 것이다. 이 간단한 이치가 환기되지 않을 때 삶은 지극히 불구적일 수밖에 없다. 개인이건 집단이건. 자본의 폭주를 제어하는 건 더더욱 불가능하다. 금융자본의 무한증식과 불멸에의 집착은 동일한 궤도를 달리는 '욕망의 전차'이기 때문이다. 혁명적 비전과 영적 지혜가 조우해야 하는 이유가 여기에 있다.

『크리슈나무르티의 마지막 일기』의 '마지막' 장은 예상대로 죽음이다. "우리는 아이들에게 수학과 글쓰기, 읽기와 같은 지식을 습득하려는 모든 행위를 가르치는 동시에 죽음의 위대한 품위에 대해서도 가르쳐야 한다. 죽음이 단지 무서워하거나 언젠가 마주해야 할 불행한 것이 아니라, 우리의 일상, 파란 하늘과 풀잎에 앉은 메뚜기를 바라보는 일상의 일부라고 말이다. 치아가 자라고 성장통을 겪는 것처럼 죽음도 배움의 일부다." "이 아름다운 지구의 모든 것은 살아가고, 죽으며, 태어나고 또 말라 죽는다." "우리 이전에 살았던 모든 사람이 지금까지 살아 있다면 얼마나 끔찍할까?" "죽음은 피해야 하고 뒤로 미루어야 하는 끔찍한 것이 아니라, 매일 함께해야 하는 것이다. 우리는 이를 통해 위대한 광대함을 만날 수 있다."(『크리슈나무르티의 마지막 일기』, 252~255쪽)

솔직히 여기에는 어떤 논평도 주석도 필요하지 않다.

그냥 즉각적으로 이 '위대한 광대함'의 지혜와 접속하는 것 말고는. 교황이 금융 전문가와 정치 지도자들에게 고대의 현자들의 말을 바로 '들이댈' 때의 맥락도 이런 것일 터, 바라건대 크리슈나무르티와 프란치스코와 같은 이 '맨발의 성자'들의 급진성을 지렛대 삼아 혁명과 영성의 새로운 마주침이 도처에서 실험될 수 있기를!

생명은 '네트워킹'이다!

허준, 『동의보감』

#장면1

관악구의 한 도서관에서 북콘서트를 할 때였다. 뮤지션들의 노래공연에 뒤이어 간단한 토크를 마치고 질문을 받는데, 열 살짜리 꼬마가 손을 번쩍 들었다. "수학과 과학은 답이 있는데, 왜 철학에는 답이 없어요?" 와~!

#장면2

군포시청에서 주관한 시민대학에 갔을 때였다. 아침 7시에 시작한단다. 차를 타고 가면서도 계속 긴가민가했다. 이 어둑한 새벽에 대체 어떤 시민이 온단 말인가? 졸린 눈으로 시청에 도착했더니 웬걸! 시장님, 부시장님을 비롯하여 무려 200명이 넘는 시민들이 자원방래하였다. 몇 년째 계속되는 행사라며 다들 태연자약하다.

#장면3

국립극장에서 원일 감독의 지휘 아래 진행된 렉처콘서트. 수제천(壽齊天, 신라 때 만들어진 아악의 하나)에서 판소리, 사물놀이까지 국악의 다양한 장르를 감상하면서 중간중간 강의를 진행하는 다소 파격적인 형식이었다. 공연의 리듬에 맞춰 '썰'을 풀자니 감각의 전면적 재배치가 요구되었다. 침묵의 순간에 더 많은 에너지가 든다는 것도 그때 비로소 알게 되었다.

이것이 내가 길 위에서 마주친 특이한 현장들이다. 이 현장들이야말로 내게는 살아 움직이는 배움터이자 책이다. 각양각색의 연출자들이 등장하는 '움직이는 텍스트'! 그 속에서 나는 다양한 방식으로 통념의 전복을 체험한다. 이를테면, 장면1은 앎에 대한 열정에는 나이가 없다는 것을, 장면2는 제도권 내에서도 얼마든지 지성의 향연이 가능하다는 것을, 장면3은 앎의 표현 형식이 얼마나 다채로울 수 있는지를 등등. 길 위에선 이렇게 늘 예기치 못한 변주가 일어난다. 어쩌면 이 변주 자체가 길이요 공부인지도 모르겠다. 물론 그런 길이 열리기 위해선 고전이라는 '내비게이션'이 필요하다. 최근 몇 년간 『동의보감』이 그 역할을 담당했다.

허준과 『동의보감』. 한국인의 대표적 상징에 해당할 만큼 익숙한 기호다. 하지만 그 대부분은 드라마에 의해 구성된 판타지일 뿐 실상과는 거리가 멀다. 『동의보감』의 탄생 스토리에서 가장 감동적인 대목은 그것이 임진왜란의 와중에 시작되어 유배지에서 완성되었다는 사실이다. 그야말로 조선왕조의 역사로나 허준 개인의 생애로나 격동의 세월 속에서 탄생한 것. 장장 14년의 시간이 걸린 것도 그 때문이다(자세한 내용은 고미숙, 『동의보감, 몸과 우주 그리고 삶의 비전을 찾아서』를 참조할 것). 물론 그 명성에 걸맞게 동아시아 의학사의 집대성이자 결정판이다. 그럼에도 『동의보감』과 우리 시대 사이에는 적잖은 간극이 존재한다. 모두가 높이 받들지만, 아무도 배우려 하지는 않는다, 는 것이 그 결정적 증거다. 나 역시 그러했다. 『동의보감』은 그저 오래된 전설일 뿐 '지금, 여기'의 현실과는 무관하다 여긴 것이다. 하지만 늘 그렇듯이 인생은 반전의 연속이다. 40대 초반에 다가온 인생의 변곡점에서 문득! 『동의보감』을 만나게 되었다.

더 큰 반전은 이후『동의보감』을 통해 나의 앎과 삶이 전면
적으로 재구성되었다는 사실이다.

　『동의보감』에 따르면 몸은 곧 우주다. 이 둘 사이를 관
통하는 코드가 음양오행이다. 태극이 음양으로, 음양은 오
행(목화토금수)으로, 오행은 다시 분화하여 60갑자가 된다.
이 리듬의 변주가 곧 4계절이자 24절기이며 72절후이다.
이 매트릭스 위에서 우리의 인생 또한 생로병사의 흐름을
밟아 간다. 따라서 생명의 토대를 이루는 정기신(精氣神)과
오장육부 역시 우주적 기운의 '아바타'다. 간/담은 목(木),
심/소장은 화(火), 비/위는 토(土), 폐/대장은 금(金), 신/방
광은 수(水). 이것들 사이의 네트워크가 몸과 얼굴을 만들
고 또 심리적 행로를 주관한다.

　천지에서 존재하는 것 가운데 사람이 가장 귀중하다. 둥
근 머리는 하늘을 닮았고 네모난 발은 땅을 닮았다. 하
늘에 사시가 있듯이 사람에게는 사지가 있고, 하늘에 오
행이 있듯이 사람에게는 오장이 있다. 하늘에 육극(六極)
이 있듯이 사람에게는 육부가 있고, 하늘에 팔풍(八風)이
있듯이 사람에게는 팔절(八節)이 있다. 하늘에 구성(九
星)이 있듯이 사람에게는 구규(九竅)가 있고, 하늘에 십

이시(十二時)가 있듯이 사람에게는 십이경맥이 있다. 하늘에 이십사기(二十四氣)가 있듯이 사람에게는 24개의 수혈이 있고, 하늘에 365도가 있듯이 사람에게는 365개의 골절이 있다.(『대역 동의보감』, 윤석희·김형준 옮김, 대한형상의학회 감수, 동의보감출판사, 2005, 10쪽)

『동의보감』의 서두를 장식하는 손진인의 유명한 멘트다. 머리와 하늘, 발과 땅, 사시와 사지, 오행과 오장에서 시작된 대칭의 파노라마는 다음 대목에도 계속 이어진다. 해/달과 두 눈, 비/이슬과 눈물/콧물, 풀/나무와 모발, 금석과 치아 등등. 요컨대, 우주의 물리적 배치와 몸의 원리는 '나란히, 함께' 간다. 천지와 상응해야만 이 우주 안에서 살아갈 수 있기 때문이다. 물론 그 리듬은 그다지 매끄럽지 못하다. 때론 어울리고 때론 어긋난다. 전자가 상생이라면, 후자는 상극이다. 자연과 우주, 하면 상생을 떠올리지만 그건 일종의 낭만적 이미지에 가깝다. 실제로는 상생이 상극으로, 상극은 다시 상생으로 맞물려 돌아간다. 특히 우리가 사는 세상은 상극이 선차적이다. 지구도 기우뚱하지만, 태양 역시 계속 폭발하고 있는 중이다. 고로, 이 우주에서 조화롭게 머물러 있는 것은 없다. 늘 불완전하고 늘 미완성이다. 그러니 매 순간 상극을 감당하면서 상생의 리듬을 만들어 내는 수밖에는. 물론 그 상생은 또 다시 상극으로 이어질 테지만.

이 생극(상생과 상극)의 이치를 터득하게 될 때 거기에서 바로 삶의 윤리적 비전이 나온다. 즉, 몸과 우주가 음양오행의 산물이라면 삶의 윤리와 비전 역시 그 리듬을 타야 한다. 몸과 우주, 그리고 삶의 트리아드(삼화음)! 요컨대, 생명은 네트워크의 연속이다. 오장육부의 네트워크, 생리와 심리, 그리고 윤리의 네트워크, 존재와 자연, 그리고 인생의 네트워크…. 아니, 반대로 말해야 할지도 모른다. 생명이 네트워크인 것이 아니라, 네트워킹 자체가 생명이라고.

이것은 참으로 새로운 경계였다. 그동안 내가 학습했던 서구지성의 프레임과는 질적으로 다른 차원이었다. 20세기 이후 도래한 서구지성(혹은 근대성)은 기본적으로 천지와 인간 사이의 단절을 전제로 한다. 주체와 객체는 날카롭게 분리되었고 그와 더불어 자연은 리듬과 강밀도, 이치와 원리를 박탈당한 채 오로지 착취(혹은 보호)의 대상으로 전락해 버렸다. 그 결과가 우리가 누리는 물질적 풍요와 테크놀로지다. 하지만 자연과의 단절은 사람과 사람 사이의 연결고리도 끊어 버렸을 뿐 아니라 다시 한 개인의 실존도 분리시켰다. 예컨대, 생리적 현상은 병원에 맡기고, 지적 훈련은 교육기관에, 영성의 탐구는 종교센터에 복속시키는 식으로. 안 그래도 머리와 가슴, 발이 따로 놀아 문제인데, 사회적 조건마저 이러하니 '삼단분리'가 더더욱 가속화될밖에. 하여 존재와 세계에 관한 정보들은 넘치지만 어떻게 살아야 할지, 어디로 가야 할지는 그저 아득할 따름이다. 그래서인가. 다들 아프고 또 괴롭다.

이 지점도 아주 흥미롭다. 물질적, 기술적으로 이토록 풍요로운데 왜 아프고 괴로운가? 가난한 사람들이야 결핍과 빈곤이 원인이라 치더라도 중산층 이상은 다들 행복과 자유를 누려야 마땅한 것 아닌가? 아니다! 그렇지 않다. 아픔과 괴로움의 원천은 다름 아닌 무지다. 자기가 누구인지, 어떻게 살아야 할지, 무엇을 해야 할지 모른다는 사실만큼 괴로운 건 없다. 무지 속의 방황! 빈부귀천을 막론하고 현대인이 공통적으로 앓고 있는 질병임에 틀림없다. 문명이 진보할수록 마음의 병이 많아지는 것도 그 때문일 터이다. 하지만 그럼에도, 아니 그럴수록 의학과 병원의 시스템은 더욱 비대하고 정교해진다. 하여, 무지를 타파할 길은 점점 좁아지고, 시스템과 제도에 의존하는 경향은 점점 더 심화된다. 동시에 의학에 대한 심리적 장벽 또한 높아만 간다. 나 역시 예전에는 미처 몰랐다. 누구나 의학을 공부해도 되는 건지를. 지식의 횡단을 높이 외치고 푸코를 통해 임상의 학과 생체권력의 긴밀한 결탁관계를 배웠으면서도 의학은 어디까지나 특별한 전문가의 몫이라는 생각을 버리지 않았다. 의사와 환자, 전문가와 대중 사이의 견고한 장벽에 스스로 갇혀 있었던 것이다.

『동의보감』의 의학적 배치는 전혀 다르다. 허준은 『동의보감』서문에서 이렇게 말한다. "환자가 책을 펼쳐 눈으로 보면 허실, 경중, 길흉, 사생의 조짐이 거울에 비친 듯이 명확하니 함부로 치료하여 요절하는 우환이 거의 없을 것"이라고. 주어가 의사가 아니라 환자라는 사실에 주목하라. 즉, 『동의보감』은 모든 사람이 스스로 자신을 치유할 수 있는 길을 열고자 한 것이다. 우리에겐 퍽 낯선 일이지만 따지고 보면 이건 실로 당연한 바다. 왜냐고? 원칙적으로 병은 환자 스스로가 고치는 것이다. 의사란 단지 안내자에 불과하다. 고치려는 마음이 없는 환자를 치유할 수 있는 길은 없다. 삶의 이치도 그렇지 않은가. 내 삶을 구원할 이는 오직나 자신뿐이다. 하물며 병에 있어서랴!

의학에 대한 전제가 바뀌면서 앎의 경계 또한 무장해제되어 버렸다. 생각해 보라! 몸과 우주 사이엔 모든 지식이 다 포함된다. 유불도(儒佛道)와 문사철(文史哲)은 물론

이러니와 생물학과 양자역학, 인류학 등등. 그 어떤 분야든 '나'라는 존재와 무관할 수 없고 또 '나'에 대한 탐구는 당연히 이 세계의 이치로 이어지게 마련이다. 나카자와 신이치는 『대칭성 인류학』(김옥희 옮김, 동아시아, 2005)에서 이것을 "고도의 유동적 지성"이라고 명명했다. 사실 21세기는 이분법적 분절이 종식되는 시대이기도 하다. 디지털의 도래와 함께 신체와 도구, 마음과 인터넷, 개인과 집단 사이의 경계가 격렬하게 요동치고 있다. 그렇다면 이제 마땅히 자연으로 '통하는' 길도 열려야 하지 않을까. 인간과 문명, 그리고 자연, 그 사이에서 펼쳐지는 '대칭의 향연', 21세기에 누릴 수 있는 최고의 행운이라면 바로 이것이 아닐지.

『동의보감』이 세상에 나온 지도 어언 400년이 넘었다. 400년이라는 시간보다 더 중요한 건 사람들의 마음의 지도가 달라지고 있다는 사실이다. 이제 더 이상 파편적인 정보 더미 속에서 성공이라는 허깨비를 향해 달려가기보다 삶을 '통째로, 오롯이' 살아 내고 싶은 욕망이 꿈틀거리고 있다. 서두에서 밝힌 저 경이로운 현장들이 가능했던 것도 그 때문이리라.

유토피아에 대한 유쾌한 상상

캉유웨이, 『대동서』

"국경이 없다고 상상해 봐" "소유가 없다고 상상해 봐"——존 레넌의 「이매진」은 말 그대로 상상에 대한 노래 이다. 국경과 소유가 없는 세상? 그건 물론 '유토피아'다. 유 토피아란 덧없는 공상의 산물임에 틀림없지만, 다른 한편 이질적인 세계에 대한 열정의 투사란 점에서 혁명의 다른 이름이기도 하다. 다른 세계, 상이한 삶의 방식을 꿈꾸지 않 는 혁명이란 없는 법이므로. 그런 점에서 어떤 혁명가요보 다도 더 과격한 노랫말을 이토록 감미로운 멜로디에 담을 수 있는 레넌은 과연 팝의 거장답다! 어쩌면 그는 혁명이란 투쟁과 대결이 아니라, 달콤한 꿈, 매혹적인 상상의 여정일 뿐이라고 말하고 싶었던 것일지도 모르겠다.

무술정변(戊戌政變, 1898)의 주역 캉유웨이(康有爲)의 『대동서』(大同書) 역시 유토피아에 대한 상상의 텍스트다. 여기서 캉유웨이 또한 국가, 민족, 종교, 인종, 성별 등등 인간과 인간 사이를 가로막는 숱한 경계들을 넘어서라고 말한다. 끝없이 넘고 넘어 마침내 인간과 자연의 경계까지도 넘어설 수 있을 때, 그때 비로소 '대동세'에 이를 것이라고.

그의 상상력은 실로 무궁하여 지구 밖 행성의 생명체까지 아우르는 '우주적 비전'을 펼쳐 보이는가 하면, 문득 시선을 한없이 예리하게 벼려 미시적 욕망의 기저를 세심하게 통찰해 나가기도 한다. 그에 따르면, 모든 고통과 대결의 원인이 되는 무수한 경계의 근원에는 성적 불평등과 억압, 그리고 도덕주의가 자리하고 있다. 그러므로 대동세에 이르기 위해서는 무엇보다 전면적인 성적 자유가 보장되어야 한다. 계약결혼, 동성애, 사이버섹스 등등 최소한 그로부터 반세기는 지나야 공적 담론에 부상할 성담론들을 그는 일찌감치 선취하고 있다.

대체 그가 발 딛고 있는 시공간이 어디였던가? 20세기 초반, 서구에 의해 동양이 발견되면서 국가, 민족, 가족의 경계가 견고하게 구축되고, 도덕적 이분법에 기초한 성모

럴을 통해 근대적 주체가 생산되는 바로 그 지점이 아니던
가. 그런데 그는 바로 근대가 태동하는 현장에서 '근대의 외
부'를 사유하는 '클리나멘'을 긋고 있는 것이다. 자산계급의
관념론적 한계에 머물렀다는 자신의 역사적 평가조차 배
반하는(?) 이런 상상력이 내게는 진정, 놀랍기만 하다. 낡은
사유에 사로잡힌 채, 벼랑 끝을 향해 치닫고 있는 우리의 인
문학에 절실히 요청되는 것은 이런 '반시대적 이매진'이 아
닐는지.

말의 아수라장

세르반테스, 『돈키호테』

『돈키호테』의 저자는? 세르반테스(Miguel de Cervantes, 1547~1616). 정말 그렇게 믿는가? 이 두번째 질문에 멀뚱하게 반응하면 그 사람은 분명, 책을 읽지 않았다. 물론 저자는 세르반테스다. 그러나 『돈키호테』를 읽다 보면 한 아랍인이 원저자이고 자신은 그저 번역자임을 강조하는 대목과 도처에서 마주친다. 그러면서도 무슨 번역자가 툭하면 나서서 원작에 대한 첨삭, 윤색을 자행(?)한다. 그러니, 독자들은 계속 헷갈릴밖에. 설상가상(?)으로 2부는 1부의 속편이 아니다. 1부에서 돈키호테가 행한 기이한 모험들이 이미 책으로 간행되어 인구에 회자되고 있는 상황이 서사의 출발지점이다. 말하자면, 돈키호테는 자신이 1부에서 저지른 (!) 모험들을 확인하기 위한 순례를 떠나는 것이다. 책 속의 책이라?

기이한 모험담으로 알려진 『돈키호테』는 이처럼 다중적 목소리, 텍스트의 중첩 등 언어적 실험이 난무하는 텍스트이다. 실제로 돈키호테는 광인이 아니다. 그의 명징한 이성은 타의 추종을 불허하는 고매함을 자랑한다. 그런 그가 광인이 되는 것은 순전히 그가 놓인 '자리' 때문이다. 신부, 이발사 등 이른바 정상인들의 언어와 '속담에 살고 속담에 죽는' 산초 판사의 분열적 언어 사이에 놓이는 순간, 돈키호테의 그 영웅적인 수사학은 광인의 징표가 되어 버린다. 여기에서 광기와 정상성, 고상함과 비루함의 성격은 그다지 중요하지 않다. 이 텍스트의 저력은 서로 다른 층위를 지닌 말들이 펼치는 아수라장, 바로 거기에 있다.

보르헤스(Jorge Luis Borges)도 이 아수라장에 한몫 거든다. 보르헤스는 「피에르 메나르, 『돈키호테』의 저자」라는 단편에서 20세기의 작가 피에르 메나르가 『돈키호테』를 다시 쓰는 과정을 그리고 있다. 메나르는 '뼈를 깎는'(?) 노력 끝에 『돈키호테』의 몇 페이지를 그대로 베껴 놓은 작품을 내놓는다. 근데, 저자 보르헤스는 원텍스트에 비해 메나르

의 작품이 '거의 무한정할 정도로 풍요롭다'는 궤변을 늘어
놓는다. 논거는? 세르반테스가 구사한 언어는 동시대의 평
범한 스페인어지만, 20세기 프랑스 작가 메나르가 시도한
문체는 17세기 스페인어의 고어체라는 것. 어이없긴 하지
만, '텍스트는 외부의 주름이다'라는 명제를 이보다 더 간명
하게 보여 주기도 쉽지 않으리라.

그래서『돈키호테』1, 2부에다 보르헤스의 이 작품까지
함께 곁들여 읽으면 텍스트의 안과 밖, 그 경계를 넘나드는
짜릿한(!) 재미를 한껏 맛보게 된다.

열대인의 '깊은 슬픔'

레비-스트로스, 『슬픈 열대』

이변이 없는 한, 일요일 오후 5시 15분이면 나는 TV 앞에 앉는다. 채널 9번에서 하는 〈동물의 왕국〉을 보기 위해서다. 처음엔 하릴없이 빈둥거리다 보기 시작했는데, 이제는 만사(?)를 뿌리치고 볼 정도로 '마니아'가 되었다. 이 프로에는 먹고 먹히면서 서로 공존하는 기막힌 생존법, 어떤 악조건에서도 신체를 적응시키는 '초인적인' 변이능력이 판타지처럼 펼쳐진다. 사자와 악어에게 포위되어 18시간 동안 사투를 벌이다 마침내 무릎을 꿇는 들소, 알래스카의 추위에 적응하기 위해 털을 흰빛으로 바꿨다는 북극곰, 핵방사선에도 끄떡없다는 사막의 자칼 등은 신화 속 세계를 엿

보듯 경이로웠다. 그러나 인간의 출현으로 이 왕국은 치명적 위기에 처해 있다. 내레이터에 따르면, 인간은 이 동물들이 수백 년 만에 처음 만난 '천적'이다. 한번 휩쓸고 지나가면 모든 생명 있는 것들을 초토화시키는 존재, 그것이 바로 이 프로그램의 진짜 주인공인 인간의 얼굴이다.

레비-스트로스의 『슬픈 열대』는 마치 〈동물의 왕국〉의 전주곡 혹은 속편처럼 느껴졌다. 뜻밖에도(?) 이 저명한 고전은 여행기의 형식을 취하고 있었다. 2차 대전, 그 잔혹한 전장으로부터의 탈주에서 여행이 시작되는 건 참 의미심장하다. 저자는 자신의 여행이 서구문명의 파탄 속에서 '근대 외부'에 있는 세계를 찾아나서는 탐험이라는 것을 환기하고 싶었던 것일까?

어떻든 그가 만난 브라질 아마존 강 부근의 부족들은 '야만인'이다. 과학, 의료, 국가체제 따위로부터 벗어나 있다는 점에서. 그러나 바로 그렇기 때문에 그들은 근대사회가 결코 도달할 수 없는 특유의 공동체적 원리를 구축하고 있었다. 오직 베푸는 능력을 통해서만 권위가 인정되는 남비콰라족의 추장제도는 특히 감동적이거니와, 그 밖에도 생태계와 공존하기 위한 다양한 전략들은 문명사회를 한없이 초라하게 만든다. 아니, 그러한 가치평가 이전에 그들은 문명인과는 다른 방식, 상이한 관계 안에서 살기를 원했다. 문제는 문명인들이 그러한 차이를 절대 참지 못했다는 점, 거기에 슬픈 열대의 '깊은 슬픔'이 있었다.

그들에게 있어 문명인이란 대체 무엇이었던가? 전염병을 퍼뜨리는 의사, 유일신만을 강요하는 선교사, 동물과 사람 사냥을 밥 먹듯 하는 휴머니스트들! 결국 동물의 왕국을 위협하는 '천적'은 바로 열대인을 파멸시킨 문명인과 하나였던 셈이다. 그래서 나는 이즈음 21세기가 진정 필요로 하는 사상은 '애니미즘'이 아닐까 하는 망상(!)에 사로잡히곤 한다.

전쟁의 문법을 전복한 사람들

게일런 로웰, 『달라이 라마 나의 티베트』

미국이 아프간과 벌인 전쟁은 여러모로 불가사의하다. 전쟁의 구체적 동기도, 목표도 불분명하기 때문이다. 게다가이 전쟁에는 '적'이 보이지 않는다. 도대체 미국은 누구를향해 미사일을 쏘아 댄 것일까? 어떻게 보면 부시는 일상깊숙이 침투한 적에 대한 공포를 달래기 위해 아무 데나 융단폭격을 해대는 것처럼 보이기도 한다. 여객기를 폭격기로 사용하고, 제국의 심장부를 겨냥한 뉴욕 테러가 테러사의 한 획을 그었듯이, 미국 역시 '근대 이성의 완벽한 파산'을 보여 준다는 점에서 전쟁사의 한 장을 열어젖혔다고 볼만하다.

그리고 여기, 또 하나의 전선이 있다. 중국제국과 그에 짓밟힌 티베트 사이의 전쟁, 이 전선 역시 전쟁의 근대적 문법을 전복한다. 미국의 적과 달리 중국의 적은 투명하기 짝이 없다. 다람살라라는 망명지, 지도자 달라이 라마, 그리고 그를 따르는 인민들. 그런데 특이한 것은 이 적은 '무장해제' 되어 있다는 사실이다. 게다가 그들의 전략전술(?)은 자신들을 탄압하는 제국을 증오하지 않는 것이다. 무기도 없고, 증오도 없는 적과의 전쟁이라?

『달라이 라마 나의 티베트』(이종인 옮김, 시공사, 2000)는 그 불가사의한 세계를 글이 아니라, 사진을 통해 보여 주는 책이다. 『내셔널 지오그래픽』의 세계적 사진작가 게일런 로웰이 담은 티베트의 풍광은 눈부시게 아름답다. 더욱 눈부신 것은 사람들의 표정이다. 학살의 기억, 탄압의 흔적을 읽어 내기 어려울 정도로 평온한 미소들. 아울러 사진들 사이사이에 담겨 있는 달라이 라마의 육성은 참, 어이없을 정도로 천진난만하다. 야생동물, 고원의 풀꽃들을 보면서 펄쩍펄쩍 뛰고, 사진 속 사람들의 표정 뒤에 있을 법한 에피소드들을 장난스럽게 상상해 내고, 한마디로 망명정부의 지도자가 도무지 철이 없다! 그런데 그를 따라 함께 웃고 고개를 끄덕이다 보면, 어느새 가슴 밑바닥이 뜨거워지면서,

눈물이 앞을 가린다. 미국이 보이지 않는 적과 전쟁을 하듯, 중국은 자비심으로 무장하고, 전 인류의 '절대적 상생'을 주장하는 '희한한' 적과 싸우고 있는 것이다. 전쟁의 양상으로만 보면 우리는 바야흐로 '근대의 황혼'을 통과하고 있는 셈이다. 하기야, 미국의 '무한증오' 덕분에 이슬람교가 전 세계에 확산되었고, 중국의 탄압 덕분에 티베트 불교가 전 세계인의 삶 속으로 뻗어 나가고 있으니, 아, '연기법'(緣起法)이란 정녕 이런 것인가!

아우트로

천국에선 무슨 일이?

: 배움, 생명의 존재형식!

햇볕이 '죽지 않은' 이유였다면, 깨달음과 공부는 '살아 가는' 이유였습니다.(신영복, 『담론』, 돌베개, 2015, 425쪽)

20년을 감옥에 있었고 다시 25년쯤을 감옥 밖에서 살다가 2016년 1월 세상을 떠나신 신영복 선생님의 이야기다. 감옥에 갇힌 죄수들도 종종 자살을 한다고 한다. 살아가야 할 이유를 찾지 못한 때문이리라. 그런데 자신은 무기수인데도 죽을 생각은 하지 않았다. 그래서 스스로에게 물었다. 나는 왜 자살을 하지 않았을까? 첫번째 이유가 햇빛 때문이었다. "그때 있던 방이 북서향인데, 2시간쯤 햇빛이 들어와

요. 가장 햇빛이 클 때가 신문지 펼쳤을 때 정도구요. 햇빛을 무릎에 올려놓고 앉아 있을 때 정말 행복했어요. 내일 햇빛을 기다리고 싶어 안 죽었어요."(예스이십사 · 『중앙일보』 공동기획, '희망의 인문학—정재승이 만난 사람들'⑩ 인터뷰 중에서) 신문지 조각 정도의 햇볕, 그것만으로도 '태어나서 다행'이라고 여겼다는 것. 참 감동적인 장면이다. 하지만 우리들도 크게 다를 바 없다. 사람은 태양의 빛과 열기로 살아간다. 의학적 보고에 따르면, 햇빛을 하루 2~3시간만 쬐어도 건강은 물론이고 삶에 대한 만족감이 높아진다고 한다. 그것이 주는 충만감은 상품과 쇼핑, 성적 열락을 능가한다. 현대인이 불면증에 우울증, 또 자살충동에 쉽게 빠지는 건 무엇보다 이 햇빛과의 교감이 부족한 탓이기도 하다.

태양이 우리를 살아 있게 해준다면, 그럼 인간은 무엇으로 응답해야 할까? 깨달음과 공부가 그것이다. 어제 몰랐던 것을 오늘 새로이 알게 되고, 앞이 보이지 않던 길이 갑자기 환하게 열리고, 도저히 이해할 수 없었던 상황들이 자연스럽게 파악이 되고…. 붓다에게 직접 가르침을 받았던 제자들은 이렇게 표현했다. "세존이시여! 마치 뒤집힌 것을 바로 세우는 것 같고, 감추어진 것을 드러내는 것 같고, 길 잃은 자에게 길을 알려 주는 것 같고, '눈 있는 자들은 보라'

고 어둠 속에 등불을 비춰 주는 것 같습니다."(『맛지마 니까야』,「옷의 비유 경」) 깨달음과 공부란 이런 것이다. 그리고 그때 느끼는 정서가 기쁨이다. 배움은 그 자체로 즐겁다. 즐겁지 않으면 배움이 아니다! 얼마나 달콤했던지 '꿀덩어리'라는 이름의 경전도 있다. 그 즐거움은 "몸을 가득 채우고, 넘치게 하고, 충만하게 하고, 두루 퍼"져 "몸 전체에 미치지 않는 곳이 없"다. 그래서 배움에는 특별한 대가가 필요 없다. 배우는 순간 저토록 충만한 기쁨에 휩싸이는데 무슨 보상이 더 필요하겠는가. 고로 햇볕이 없으면 살 수 없듯이 배움이 없어도 살아가기 어렵다. 요컨대, 공부는 생명의 존재형식이다. '우주 사이의 통쾌하고 거룩한 일'이라는 정조대왕의 말이 오버랩되는 지점이다.

그럼 죽음 이후에는? 아무도 알지 못한다. 죽은 자는 여기 있지 않고, 아직 살아 있는 이들은 죽음을 체험할 수 없기 때문이다. 삶과 죽음, 그 사이에 깊이를 알 수 없는 심연이 흐르고 있는 셈이다. 그럼에도, 아니 그렇기 때문에 더더욱 사람들은 천국(혹은 극락정토)을 열망한다. 그렇다면 천국에선 대체 무슨 일이 벌어질까?

나는 때로 다음과 같은 꿈을 꿉니다. 최후 심판의 날 아침, 위대한 정복자, 법률가, 정치가들이 그들의 보답—보석으로 꾸민 관, 월계관, 불멸의 대리석에 영원히 새겨진 이름 등—을 받으러 왔을 때 신은 우리가 옆구리에 책을 끼고 오는 것을 보시고 사도 베드로에게 얼굴을 돌리고 선망의 마음을 담아 이렇게 말하시겠지요. "자, 이 사람들은 보답이 필요 없어. 그들에게 줄 것은 아무것도 없다. 이 사람들은 책 읽는 걸 좋아하니까."(버지니아 울프; 사사키 아타루, 『잘라라, 기도하는 그 손을』, 송태욱 옮김, 자음과모음, 2012, 55쪽에서 재인용)

천국의 보답, 신의 은총이 책이라고? 책읽기를 좋아하는 것으로 충분하다고? 놀라운 메시지다. 도저히 믿기지 않는다고? 하지만 곰곰이 따져 보시라. 공부가 생명의 존재형식이라면, 또 천지 사이에 가장 거룩하고 통쾌한 일이라면, 천국은 모름지기 그것을 모두에게 선사하는 곳이 아니겠는가? 그럼 지옥은? 독자들의 상상에 맡긴다!^^

공부는 工夫(쿵푸)다. 신영복 선생님에 따르면, '工은 천과 지를 연결하는 뜻'이고 '夫는 천과 지를 연결하는 주체가 사람'이라는 뜻이라고 한다. 결국 공부란 자기 자신과 세계를 탐구하는 것이다. 인문학이건 공학이건 혹은 의학이건,

그 어떤 분야건 이 범주를 벗어나지 않는다. 그러니 산다는 것은 곧 배우는 것이다. 그리고 배움의 정수는 읽기와 쓰기다! 천국 혹은 극락정토야 말할 것도 없지만 설령 그곳이 감옥, 아니 지옥이라 해도 마찬가지다. 고로, 공부하거나 존재하지 않거나!

책명 찾아보기